SEMEUR D'ÉTOILES

Vincent Thierry

Éditeur Patinet Thierri

Harmonia Universum
Harmonia Universum
La Création en Action ®

© 2017
PATINET THIERRI ÉRIC

Éditeur : © Patinet Thierri 2017

ISBN 978-2-87782-485-9

SEMEUR D'ÉTOILES

I

Inscrit du temps comme de l'espace ...

Inscrit du temps comme de l'espace, le Verbe assiste
Le préambule des écrins et des rives qui résistent
Aux distorsions confondantes qui mènent la brume
Et ses conséquentes orientations, voies d'écumes.
Toutes sentes conquérantes ne s'immobilisent ici
Mais s'instaurent et vivent les flux de l'harmonie,
Qui brillent de saisons nouvelles à voir et parfaire,
Pour conjuguer l'existence et son vœu sans mystère
Dont les orbes saillissent les ambres d'une élégie.

L'Élégie, des mânes exquis de la beauté, frappe à la porte de la consécration des âmes, des rêves et des fêtes sous le vent,
Dans l'azur souverain, nous conte la frénésie des séculaires consonances, complaintes de gestes de bravoures,
Fers de lance des armoiries limpides où les fastes éblouis procréent notre secrète histoire parmi les temps.

« Il y a là, émaux, des cithares, vibrant l'infini des ciselures de diaphanes constellations aux fruits hivernaux,
Vertu de couronnements, consignant des joyaux d'espérance, des armes sans écueils et des parousies hautes en couleur,
Que, vestale, une strophe décore de forces abyssales, où des écrins pleuvent des arcanes aux déambulations songeuses. »

Glèbes en jachère, où le verbe plonge afin d'en dénuder et épurer les tourbes et les limons de leurs transes et leurs sevrages,
Clameur d'un dessein brillant de la formidable armature les espaces enseignés, qu'un cil transmute par l'horizon,
Ici, là, plus loin, pour d'agraires destinées, parlant de l'éloquence d'une aire propice, résolue, agréée, et comblée.

« Native perfection devisée par les Sages, délivrant dans leurs balbutiements improvisés et mémorisés, comme des algues en miroir,
Un arrangement se répercutant sur les cimes de leurs mondes, se prononçant non dans des illusions adventices,
Mais dans des expansions motrices finalisant le discernement de toutes demeures, des plus humbles aux plus opportunes. »

Discours talismanique de vive harmonie, dévoyant les excroissances délétères pour venir le sceau d'une sacrale désinence,
Se menant par la douve des allées de ronde dans la baie d'un royaume délaissant, sans nombre, les prismatiques vacuités,
Pour s'offrir à une luminosité sereine, qui ne s'épie mais se grandit par la vivacité éthérée d'œuvres accomplies.

« Corrélation d'hymnes proclamés, délibérés par des nefs parfumées d'agrumes, innervées et gréées de forte souche,
Celle incorruptible aux sablières errances, celle forgée par les tempêtes antédiluviennes, celle enivrée par le chant,
Une racine inventive et curieuse voguant avec alacrité, lentement mais sûrement, vers les Océans les plus purs. »

Aux fermentations opiacées de sèves, déployant ses oriflammes par les fronts d'or d'un chemin sûr et limpide,
Bruissant une glorification naturelle, par les lisières des forêts les plus pernicieuses comme les plus sombres,
Pour palpiter un cœur animé, sans égarement, devant ses oscillations messagères, tressées d'un respire au devenir céleste.

« Que ne masquent les roulements des tambours de bronze, préséances de cantiques incarnés de vœux nourriciers,
Inscrivant leurs féeries dans des dorures aux attachements votifs, libérant sous des cieux safranés,
L'élan spontané et triomphant d'une cité dominante et impériale, nacre de la persistance de toute existence. »

Dans un flot insigne où se réverbère une luminosité levant le voile de moiteurs aux courses splendides et rares,
Hâlant, par des vagues ensorcelées, le chant de cristal de l'Oiseau-Lyre, Dieu des dynasties ouvrant ses portiques,
Aux intenses langages, les uns héritiers, les autres bâtisseurs, les dernières densifications d'un règne enchanteur.

« Leur flamme, aliment de la source, dans ses degrés les plus opalescents et les plus vivifiés, fulgure les forteresses,
De houles turbulentes d'avenirs, ourlant d'un frais propos les esquifs, les plus humbles comme les plus puissants,
Navigue les lambris de terres adulées aux peuples accueillants, citadins de libelles enfantés de hauts vols gracieux. »

Factum aux vêtures respectables et stylisées où les enluminures sont sevrages de gemmes et de cristaux,
Ruisselant des chroniques d'hier et d'aujourd'hui, attisant le parement de clairvoyances, adages de nectars,
Et de vigueurs déterminées, en adéquation de préceptes monastiques que les Temples assurent d'une pérenne équité.

« Messagère, toutes voiles dehors, s'en venant deviser, par les carènes aux miroirs de quartz et de fragrances,
L'ivresse du bonheur des âges sous le vent, par les îles aux passementeries solsticiales comme aux équinoxes solaires embrasés,
Tous en liesse des parcours de fleuves aux rives coriaces, protectrices de transports puissants et fiers. »

Le règne est là, dans cette axiomatisation intime,
corrélant les jugements pour d'une loi solennelle
carguer le signe étincelant,
Vers l'alcôve de la révélation, mesure par les
intrépides alluvions érigeant les cités, arborant
leurs manteaux de gypse,
Leur cacophonie de jade, et leur mansuétude
diamantaire, charriant l'essence d'une randonnée
distincte et supérieure.

« Perception lucide aux secrets orientant de la
nature les prémisses de la rencontre des énergies
les plus subtiles et les plus sublimées,
Que la route des échanges détermine aux
poudroiements des nuées dissipant calamités et
ouragans naufrageurs,
Générant des prouesses chanceuses par les corps
les plus divers martelant le limon et ses grenats
d'ivoires lumineux. »

Préambule de forces célestes aux bouillonnements
intenses, où le lys de la parturition des grimoires ne
s'émerveille,
Mais féconde la tonalité du verbe aux marches du
corail où l'albâtre et le porphyre professent dans la
majesté insigne,
Un hommage de la Vie à la Vie, dans ses
concordances les plus transparentes, les plus
équilibrées et les plus sûres.

« Approfondissement des poèmes procréés par la
pluviosité sacrée, liseré des cours des intelligences
exposées,
Paisiblement, s'attelant pour œuvrer, dans une
témérité audacieuse, des sentences aux
coordinations votives,
Qui ne s'inventent, mais s'explorent dans une
pensée fulgurante resplendissant le berceau des
goémons, séjour des odes. »

Appréciation du caractère des nidations sublimes atteignant des crêtes parées de soieries colorées de vifs éclats,
Par les marbres nuageux, où officie l'imaginaire, dans ses vertus, ses tendres logis épanouis, et ses fiers zèles qui vont,
Volition, les villes à prendre, les cités à conquérir, en ces temps qui ne s'éperdent dans une bucolique mélancolie.

« Car gravité des félicités exondées des fugacités, des termes naissant dans la méticulosité une assomption,
Que regarde l'érudit dans la sapience d'un foyer lumineux, bordé de floralies, témoignage de fresques induites,
Ardeurs de semis impérieux fondant, moissonnant la postérité d'un devenir de nectar, miel des saisons. »

Où l'ambre, dans ses allégories, dresse de festifs honneurs, que le bruissement des ressacs décrit somptuosité,
De domaines ne s'estompant mais amorçant, dans une tempérance mélodieuse d'oiseaux mythiques, fêtant le renouveau,
L'ascension de la transmutation, par les glaises encore humides de saillies, d'une temporalité qui se cherche et se retrouve.

« Tandis qu'en frondaison, les suavités des heures s'écoulent dans le fluide des mots séparant l'ivresse de la beauté,
Partagent un sable mûr, concaténé et rebelle, pour mieux s'affermir et ternir les imprécations des cycles,
Où des phares constellent des fenaisons d'anses parodiées et d'isthmes ordonnés, à une exigence de maturité. »

Se distinguent ici les firmaments sans failles, symboles des ornements de la prescience, inaltérable, clémente,
Découvrant aux sujets le but à naître, ouvrager, prospérer par l'Éternité, dans une attention incontestable,
Car par la clarté des sphères, orientant le sens commun protecteur, rayonnant la probité et l'excellence.

« Prisme de flux ne se noyant dans l'inexistence et ses refuges, mais, disposition de la pluralité, ne se spoliant,
Aménageant, composant, une organisation des plus vivifiantes comme des plus conquérantes, permettant d'accéder,
Au seuil d'une expression incarnée, envol de souffles conduisant à leur terme ses fruits naissants et supérieurs. »

Par les grèves parfumées de soupçons d'oasis, adulant une rayonnante sensation de fraîcheur, où se conservent,
La racine du lieu et du lien féconds, promontoires des ivres panaches d'une épopée ciselant une souveraineté,
Ici, aux jardins de félicités armoriées, parlant de citadelles étranges et circonstanciées par-delà les faubourgs de la nue.

« Où le Verbe, par leurs dimensions ressourcées puis canalisées de sillons portuaires aux prestigieuses capacités affines,
Se prononce, liesse de la légèreté des orbes dans un chœur aux opulences perdurées et mélodieuses, turbulences,
D'une vague aux contenus irisant et affermissant les terres pour les advenir portées sublimes d'un répons. »

Villégiature des armées, nuances dénombrées du granit, aux enseignements gradués qui ne se nécrosent,
Car perfections du règne des multiples univers, gardiens d'avant-veille, contournant leurs contractions,
Investissant leurs embellissements pour amener leurs parcours, quintessences, vers la permanence magnifiée.

« Leur fracas se fait entendre, virevolte puis se dissipe dans d'aériens crachins véhiculant le sursis de la pâmoison du présent,
Accompagné par la voix perspicace des anachorètes retenant la faveur de leur formidable avance à Midi, que le soleil dévisage,
Émoi des flores et des faunes réfugiés dans les profondeurs des forêts de mousses bleuies aux sépales cristallins. »

Où surgit, par leurs coursives limpides, la médiation, aux accents magistraux, de l'impérieuse exigence de succès,
Entourée de ses correspondants, arborant des intensités accentuant des vivacités, neutralisant des emportements,
Incertains et dévoyés, recueillant leurs éloquences, éliminant leurs combinaisons profanes afin d'en abstraire le but.

« Veneur en l'aube développant, diaphanes, les
signes enchantés d'un talisman sacré dans des
opérandes admirables,
Permettant la fructification des ors par les frugales
euphonies des stances énoncées, inscrites et
pérennisées,
Argument de l'Empire en gestation instituant leurs
mages prospérités dans une pure devise
divinatoire. »

Enceinte de phrases sans anathèmes, ni
discordances, ni de ces mots qui fâchent, humilient
et flagellent l'animé,
Voyant son navire, dans sa princière ciselure
d'ébène, par les alizés, venir les ramures le
destinant par l'horizon,
Contenance de plénitude solaire, poursuivant,
imperturbablement, sa route dans une envolée de
joie sereine.

« Condition des âmes conjointes dans la dissipation
des ondulations avenant le frais rivage des
méditations,
Celles ouvertes à la raison des vocables, celles ne
sacrifiant le don des sens, celles encore et toujours
se prêtant,
Au serment de la fertilité d'un partage, par-delà les
estampes passagères des orages aux reliefs frivoles
et disloqués. »

Disparaissant aux limbes devant sa fière clameur et ses assurances précieuses se levant pour amplifier son arôme aventureux,
Élancé par la vertu natale d'un enfantement propice, surprenant d'une haute tenue la pesanteur des heures,
Perpétuant, dans des danses mystiques et épanouies, ses florilèges au cœur palpitant une diachronie enchanteresse.

« Mémoire des élytres aux mises sacrales et scintillantes dévoilant, reflets des siècles, une senteur de baume,
Pénétration de lais, conciliant des racines ouvragées et accessibles par leurs feuillages, équipages de guerre,
Mais de paix aussi, et de commerces louables, et de lois et de communications, où s'enchante un parchemin. »

Victoire des songes admis, des rêves éveillés, tous unis dans une volonté harmonisant une concrétisation majeure,
Survenant les rangs de blondeurs, là, ici, plus loin dans l'objectif de germer la nue prestigieuse et naturelle,
Devenant pléiade des miroirs du gestalt et, au-delà de leurs apparences, libérant la passion d'une pure dévotion.

« En acte par les trajets aux feuillaisons des futaies vivaces, par les déserts les plus nobles, jusqu'aux pluies d'azur,
Aux glaces des ténèbres, dans l'enfer même des tourbes où se cachent les laves de l'humus et leurs retranchements,
Accueillant dans l'humilité, la parure d'une distinction ruisselant, motivation, une excellence plénière. »

Mantisse visitée d'égales contraintes, versant, dans la discrétion de leur pouvoir, des gestes aux contingences honorables,
Transports portuaires des statures de leurs vœux, formulations accentuant et perpétuant un appareillage
Où un faste s'épanche, rive de salines aux mystiques breuvages, exhalaison des aquilons à Midi.

« De vigilante perception, dans l'exécution réfléchie déterminant l'essence de l'existence et ses foliations nuptiales,
Regain profond des buccinateurs par les assemblées, drapées d'airain et de lumière, où se parent les puissances vivantes,
Afin d'assurer l'éclosion de leurs mélodies par-delà les maximes, les désirs, les palpitations granitées qu'éloignent des Circaètes dévolus. »

Sèves de cérémonies antiques désignant toutes
viduités, solennités aux avenues solaires
triomphantes,
Par les strophes sablières des émotives fraîcheurs
de l'iris altier, semé par les évocations participes et
sans oubli,
Des foules émancipées de la contemplation, révérée
et non désavouée, les voyant pleines de fougue se
dresser.

« Se tresser, par les flots, dans une écume
domestique inondant d'une récolte favorable le
parvis d'un apparat,
Ronde de randonnées conjuguant le message des
gestations domaniales, pour les épurer et les
structurer dans une efficacité,
Que l'ouvrage définit ascension dans une
configuration cosmique où tout séjour se suscite et
ne s'abrite. »

Ainsi aux oscillations des souvenirs pleuvant leurs
prières de vaste conjecture, dans une épithéliale
candeur,
Ajournant leurs persistances animées en produisant
floral, des agencements révélant leur comportement
induit,
Leur jeu, leur moment, pour les guider et les
apparier dans le chœur d'une mystique Déité, vers
la perfection.

« Présence dominante, conscience dévoilant la profusion des rythmes et des rites sans excroissances,
Car formule de la multitude pétrissant la componction extrême de l'accomplissement, de cet état, sans contrefaçon,
Vivant en la Vie et par la Vie, dans une sincérité, une prépondérance encourageant non au déclin mais à l'Éternité. »

Ici le ciel dans ses coloris extrêmes prononce la logique de cette vision sans paresse, organisée, rayonnant une pluviosité,
Dont l'Esprit, abordant à la sérénité, amplifie les constantes, la transparence, expose, magnifie et cisèle,
Et le présent, et l'avenir, dans des jaillissements profonds et aventureux dissipant les remparts du passé pour se vivifier.

« Souffle d'un engagement, effluve de plus belle espèce aux décorations fractales dominantes et discrétionnaires,
Où l'améthyste s'insère dans des nervures bouillonnantes de chrysalides sauvages et dignes, telles des chevelures,
Incandescentes, témoignant, sous l'ouragan féroce, d'une exhaustive appartenance au solstice régnant. »

Conjugaison de vitale apparition délaissant les frénésies et les incertitudes, délivrant, par enlisement et reniement,
Les fugues opiacées des Océans, leurs marques aux impulsions sans considération de l'aurore comme de l'éveil qui embrase,
Nidifie, construit et enrichit, dans la laitance apprêtée et subodorée des algues du matin, une origine de renaissance et de renom.

« Ivoire, aux mystères des oratoires en semis, par leurs remparts égrenés, dans le seuil de leur envergure éblouissante,
Aux officines de coralliennes effervescences, d'une Nef et de sa nécessité, là, dans un cristal diamantaire,
Sans absence, au regard de la parousie en ses rayonnements intenses, impérieux, parfaits et glorifiés. »

Telle une flamboyance acclimatée, consolidée, n'échouant, ne se brisant, ne se défaisant, devant les amères,
Commémorations des nasses téméraires s'ouvrant sur l'agonie et se perpétuant dans des précipices nuisibles,
Que sa parure n'effleure, car de l'éther sa parturition confond le temps comme l'espace pour s'offrir à l'Absolu.

« Danse à mi nu des immaculées perceptions se répercutant mélodie par les voies de la représentation éclose,
Devisant l'insondable, renouvelant le perfectible, annonçant la félicité par-delà les hardes d'un propos sans lendemain,
Obérées par les orientations des nacres aux lueurs participes, convoquant la pérennité et ses fleuves d'or et d'améthyste. »

Lumière d'une espérance et d'un culte fertilisé, d'envergure martiale et magnifiée aux accortes arborescences,
Où les enchantements joyeux ne dissimulent, dans une allégresse, des conséquences heureuses aux stances déployées,
Par le charme spontané des fleurs adamantes surgissant le créé, bruissant leurs relations dans un vierge apogée.

« Où l'ambre, signe de jouvence des goémons éternels, s'avance pour retenir l'amazone conviction de son vœu,
Celui de la désinence ne se souciant des abysses aux virulences désœuvrées et méprisantes, tant de tendresse en son sein,
Se prolongeant par-delà leurs refuges sans dignité ni honneur, pour alimenter le règne d'exondations fertiles. »

Pour corréler le macrocosme à sa cause, pour signifier le règne dans ses attributions, ses clartés, ses formulations,
Dans un écho souverain, sans jugement ni dénégation, montrant du cosmos le domaine secret de la puissance,
Celle à atteindre pour prospérer dans le cœur du cristal, en attente de sa sublimation par la lucidité dévoilée.

« Insigne vertu des âges aux effusions ne se profanant ni ne se dissimulant, ne se désorientant ni ne s'opacifiant,
Afin d'atteindre la splendeur de la Vie, dans ses postures, ses agrégations, ses finitions, et ses intelligibles inflexions,
Sapience de la pérenne devise du démiurge fructifiant les Univers d'ondes circonstanciées et majestueuses. »

Dans l'étendue de l'ultime rivage, front d'or convenu de la notoriété, de l'honneur, des limites et des aménagements,
Aux frontières concordant la reconnaissance de la force cardinale qui rayonne, par-delà les cimes et les abîmes,
Les lacs incendiés et les gerbes de corail, les ouragans de granit et les féeries diamantaires aux sources irradiantes.

« Où sont atours, les frugalités des hymnes, et dans la parution de l'infini, leurs quintessences gardiennes, laissant à l'étrave,
Un fier accès pour aborder la profusion d'un accent majeur et civilisateur, par toutes routes en nombre,
Où les coursiers, substrats angéliques, portent toute moisson comme toute fenaison pour en définir l'horizon. »

Épures aux charges fécondes par les astres, ensemençant les rivages de suavités sablières, où s'inscrivent mélodieux,
Des préaux solsticiaux, aux amples draperies rutilantes, corolles d'essaims aux breuvages de rus enchanteurs,
Signes fluviaux précipités et palpitants, conduisant, par la dimension, les agréments précurseurs à une invulnérable condition.

« Amplitude mesurée, par l'aigle en ses racines, de fortifications éployées et densifiées, circonscriptions où se brisent,
Volages, les litanies emphatiques, sollicitations de songes suscités par la vanité, l'agrément d'un verbiage douteux,
Dans cette aube consommée, consumés par les atours exquis et solidaires révélant un premier parfum solaire irisé. »

Conforté dans cette venelle s'alimentant pour s'ouvrir sur la constance de demeures magistrales, loyales et sûres,
Résolution des âmes dans la prédiction et la pompe d'un sacre, nidation précoce que les héros acclament,
Par les remparts et les créneaux ainsi que les tourelles des cités engrangeant la luminosité de citadelles à venir.

« Leurs faces réverbérées dans le miroir des ondes en attente, alimentant par toutes voix le sort et ses sérails encensés,
Ouvrant sur la course des émanations, vêtures fragiles ne demandant qu'à mûrir, la geste d'armoiries éclatantes,
Pressant la Vie vers de hautes fresques, d'abondants épanchements diurnes et nocturnes où la nue s'exauce. »

Où le Verbe dans ses élégances, ses disparités mais aussi ses haleines fraîches, se déverse pour décliner,
Aviser et autoriser la pluviosité d'inestimables attractions, dispositions permettant de bâtir afin d'épanouir,
L'attention du généré sur ce monde acclimaté, investissant toutes résiliences pour se parfaire et subjuguer.

« Prescience de l'autorité que la vigilance, délicatement mais sûrement, établit prestance par les ornementations,
Des Olympes émerveillées, où le brouhaha des antiennes ne s'enlise afin de mieux perpétuer l'ovation qu'il révèle,
Celle des pouvoirs sur les aires, par les Lois et devoirs, par l'Éternité et pour l'Éternité, rythmant la propension des saisons. »

Où baignée de mauves et de lys, par le flot calme des croissances, le lustre glorifié se tait pour édicter l'offrande d'un vœu palpitant,
Forge des armes du royaume, d'un écrin remarquable stimulant la tempérance du devenir de la joie,
Dans des enrichissements sublimes, témoins de toute viduité, élément divin, mené par des oiseaux vers les sommets.

« Nouvelle de haut ressac par les mers et les félicités diurnes et nocturnes, œuvre de l'aventure novatrice et précise,
Où s'annoncent, incarnats vivaces sur l'horizon, la descendance, son empire, sa vaillance, tous en lice, fers de lance,
Bâtisseurs de huniers en cristal, de cathédrales en saphirs, de palais aux marbres adoucis par une étreinte allégorique. »

Où le vierge troupeau des bourgeons, dans ses fastueux coloris, accompagné par les étoiles glorieuses,
Décrypte le sens d'un message de brillante incarnation, celle de l'Enfant novateur ne sachant encore l'exigence,
Du devenir de l'individué, dont la porte franchie et visitée éclairera son visage de la gloire comme de la victoire qui viendra.

« Effluence et grâce, en ce sillon arboré démultipliant des résonances de tonalités vertueuses,
Jaillissant de trompettes de feu, messagères émérites des officiants pliant genoux devant la force qui comparaît,
Sevrage des avances sans abris, se construisant dans la pluralité des sources du Levant comme de l'Orient. »

Incitant les Peuples à se lever par leurs rives pour d'une prière bénir l'union du ciel et de la Terre, l'union du vent et de l'Océan,
Dans une limpidité pleine d'accoutumance, tant de vigueur en sa composition que tout un chacun en sa conjecture,
Et sa révélation, s'admet vivacité profitable d'un solstice attendu, certifié par des fragrances au panache somptueux.

« Orbe sans naufrage où les amazones, dans leurs harnachements sacrés, cheminent, pour proférer une vénération à la Vie,
Or de lagunes où les Guerriers aux armures étincelantes font vibrer leurs écus de stances suaves et envoûtantes,
Onde de labour où se tiennent, enceints, les Sages et les Mages pour parfaire la raison qui s'implante et s'inculque. »

Dans l'équilibre de la théurgie accouplée à la masse de l'Énergie magistrale voguant, loin de toute soumission, sa décision,
Préhension au désir mystique se dressant pour en voir l'enfantement briser les emportements sans partages,
Ambition majeure par toutes sphères illuminées dévoilées par le vol des circaètes aux grandes plumes chamarrées.

« Qu'altier, sans fauve allégeance, mobilise le zéphyr matinal estompant les noirs épices nuageux des effrois et des peurs,
Tandis qu'aux voûtes, des portiques immenses se nouent dans les cieux pour couronner la magnificence des heures,
Surgir de natives opiacées, aux chatoiements d'étoffes légères et cristallines, aux fins de bâtir la cathédrale d'un respire. »

Mânes des Univers dessinant la fulgurante incantation annonçant la fin des noctambules assonances,
Leviers des ors lapidaires, silencieux devant la consécration de la volonté, cette configuration aux épanchements,
Sans domesticité, inclinant à l'éloquence la plus vive, la plus armoriée, la plus assurée, jouvence des équipages d'ivoire.

« Où vestales, les émanations ne s'édulcorent mais dans la prêtrise se confirment pour en agencer le cours et l'établir dans une orientation,
Celle de l'Absolu majestueux scrutant dans ce creuset des élytres, toutes sonorités architectoniques,
Livrant à sa propriété les fruits d'une l'abondance exemplaire couvée par l'aristocrate intelligence vertueuse. »

Sans retenue par les invitations des phrases de son talisman corallien à un serment de nuptiale désinence,
Scrutant chaque degré comme chaque gradation de la pérennité gardienne, pour les advenir miroirs des livres du vivant,
Refléter l'apparence remarquable de la lumière des arcanes à fleurir et croître au-delà des vagissements superfétatoires.

« Par les nombres sans cognition, dans l'affirmation sans trêve conviant l'instant énoncé par le Verbe lumineux,
Au regard de l'évolution circonscrite, maintenant se cristallisant pour protéger l'Être, en voie idéale de réflexion,
Là, dans la réalité même de toute création, ouvrant ses bras pour recevoir l'attribution de toute élocution sereine. »

Creuset des ambres stigmatisant par ses pétales d'azur les conflits, les diatribes, les sources qui se confrontent,
Rebelles dans la temporalité, découvrant leur intuition pour les formaliser apparat de la concertation et de la Paix,
Dans une ténacité incitant à la mansuétude leurs fougues aux ébauches ne se reniant mais se transformant.

« Afin de nacrer la longévité, fluidifiée par la présence du cristal, ruisselant ses rubis, ses émeraudes et ses quartz opalins,
Ferveur vertigineuse des pouvoirs, empyrée des Mages, Olympe des Sages, salvation des Guerriers aux tenues solaires,
Présidant la modération dans une ascèse parfaite, où, ascendants, les univers sont générations de parcours inflexibles. »

Usage circonscrit, se déplaçant par l'empyrée où le règne posément s'établit, en son expansion, synchronie,
Des rayons d'une nef martiale apprivoisant les sens les plus vifs, les plus tempétueux comme les plus paisibles,
Car en son lieu, ses principes, ses sentences, sa fermeté, concordent à l'établissement de toute victoire inexpugnable.

« Effusion des algues instruites de la fertilité des nuages nobles et ancestraux, dans une houle matricielle,
Gravissant les triomphes de l'incarnat, manifestation des gradations des ères attendant dans la sagesse,
Les vendanges de toute floraison, condescendance de l'abeille peuplière butinant la béatitude des âges. »

Métrique de règles distinguées autorisant la préciosité à se célébrer pour apparaître une garantie propice,
Initier son parchemin dans des volutes intrépides, dans des allégories aux frontispices vertigineux et suaves,
Où se mêlent l'insondable et l'illimité, expérimentant l'histoire dans une mélopée vibratoire et votive.

« Livrée des ascensions devisées, prononciation fidèle des Empires aux coloris stylisés arborant, fertile,
Le gynécée de voilures déployées, naviguant par les sphères le dessein de croître et embellir leurs emblèmes,
Stériles de la moindre affliction, car offrandes de l'existence sans abandon à la mémoire des songes générés. »

Telles ces senteurs safranées ruisselant des ferments de jaspe et d'émeraudes, imprégnant tout entendement,
Des ardents domaines, délaissant les ténèbres d'un désastre pour toujours se hisser vers la Déité et la révérer,
Et non seulement la révérer mais en assister et prédisposer toute vigueur, en assumer sans veilles la révélation.

« Mémorial des âmes volant vers les confins, annonçant la clarté de leur destinée, de leur préhension,
De toutes ces catégories animées aux affines capacités de sacralisation ne se dérobant car instances de préaux de gloire,
Ouverts sur le cosmos, dans le crépuscule comme par le zénith, où s'accueillent de profanes éblouissements. »

Qui n'ont pas encore compris que la connaissance est en eux, poussière infinitésimale nécessaire à toute conformité des œuvres créées,
Énergie fulgurante se générant suivant la possession de sa croissance dans le sentier dirigeant vers le pur épanchement,
Composant de chaque créature, indépendante et complémentaire, façonnant les Univers et leur avenir.

« Affleurement de l'assaut des rimes, par-delà les adages des velléités des lieux comme des coutumes, formidable résurgence,
Du langage développant ses fugacités, ses élans fastueux ne se consacrant à un seul opérande, mais par le jeu des actions,
Rencontre, innerve par l'abondance de la quantité et de ses théories, la motricité de tout épanouissement. »

Hâlant, sans prodige, par le zéphyr et l'instruction de symphonies majeures, un chœur naissant et offert à la densité,
Des états, à leur féerie, à leur jouvence, à leur enseignement, par les temps comme les espaces arborés, sépales et pétales,
Au front lumineux, dissipant la bruine pour mieux concaténer la pérennité, interpeller la Vie, en son sein, qui s'interroge.

II

Vêture sacrale ...

Vêture sacrale aux hyperboles qui sont sentences,
Dans la navigation sublime sans oasis d'errance
Qui parfois se promeuvent dans les lacs oublieux
Où s'exercent les instincts, contant le merveilleux
Qui n'y existe, qui n'y subsiste que comme un vœu
Qui lentement s'étiole, alors que délibère le Dieu
Vivant, manifestant son autorité vive et supérieure
Dont tout un chacun ne peut préjuger la clameur
S'il n'est déjà son prisme et son cœur sans adieu.

« Dans le prisme des suavités de l'aurore, aux termes des enfantements, dans la croissance des plus beaux jours,
Se conserve la sève en son atrium, l'ardeur pour réputation, la réussite pour catalyse d'ivoire et de gemmes,
Et sa conception, ouverte sur la pérennité des houles, guide la perfection, dans la pluralité des cieux. »

Son sillon conduit vers l'essence rare de la perpétuité, devisant le sort des villes enseignées qui par l'hymne devisé,
Apparaissent, dans les mélodieuses perceptions des ruissellements mugissant les douceurs exquises des courants,
Splendeur de l'affable gravité concordant les stances, pour les organiser dans des fêtes noviciales et superbes.

« Alcôves de la vie évoquées, encouragées et initiées, aux visions signant de leur empreinte solidaire et salutaire,
Le sort dans ses effusions, ses matrices portuaires, ses félicités adventices, et ses novatrices sonorités bâtisseuses,
De la prodigalité et du faste, de leur but, le verbe de l'Harmonie où s'égrènent les secondes, comme farandoles d'oiseaux. »

Aux ivres engagements des ententes ruisselant leurs fleuves tranquilles, entre les nefs adulées aux velours moirés,
Dans le creuset des formalisations de cette luminosité paraissant, immuable, déterminant le vœu exaltant,
D'une limpidité extrême, pour évaluer et officier son avenir par les ambres multicolores attendant leur consécration.

« Profil de la romance de cathédrales aux sons ivoirins et cristallins, embrasant l'ivre voyage des saisons,
Dans le ciel abordé par la clarté, naissant l'inaltérable sens de la conquête, parturition du sacre de la volition,
S'ordonnant dans de fines gravures, sertissant les fresques d'une immense conjecture par la réalité signifiée. »

Aire de prairies joyeuses, parcheminées de longs rubans aux parterres fleuris, transcrivant ses hiéroglyphes,
De villages en villages, par les monts azurés, les forêts ensemencées, les caches secrètes de la nature et de ses vagues,
Par l'Océan et ses couleurs mystérieuses, par la fertilité de son écrin, et le succès de ses essaims caracolant toute suavité.

« Témoignage de la fortune de la masse lorsque le fruit divin dans son élan se dirige vers le tremplin de tout devenir,
Marquant de son âge propice le renouveau, par modèles et formes de palestres trouvant là, les perles d'un sérail,
Que la majesté de l'instant magnifie altière définition de l'autorité en laquelle s'éveille toute conversion. »

Magistère de la créativité par excellence, où se doivent les valeurs natives de toutes résolutions créatrices,

Les unes développant leurs tonicités par toutes les rives animées, les autres retenant les premières suivant leur traverse,

Tout parcours se devant hors des passions afin de conserver à la Vie son équilibre majeur, celui de la transcendance.

« Rappel et transfiguration, où les vols des oiseaux lyres s'empressent pour exalter par les cités et les champs ouvragés,

Le regain des fastes du pouvoir, la reconstitution de sa fonction allumant de ses forges les étoiles, instaurant,

La témérité, la grandeur et l'honneur du vivant en la Vie et par la Vie, dans une allée nuptiale irisant toute création. »

Survenance d'un préambule magistral, menant la pensée messagère, au-delà des circonvolutions, sans limites, dans l'astre,
Que passant, l'Aigle Impérial scrute du haut de son aire, déployant ses larges ailes pour défendre la confession du destin,
Tendre ses rets pour offrir au Chant son inestimable rattachement de règnes à l'aristocrate condition de la plénitude.

« Dans un engagement se préparant à l'illumination, dans une maturation orientée dans une coïncidence sublimée,
Œuvre lumineuse détaillant l'admirable épopée surgissant, dont les Sages, dans leurs manteaux d'hermine,
Dévoilent au percipient, perspicace de leur devise instaurée, le cristal œuvré, amplitude d'un rayonnement sacral. »

Il y a là les ressources de la Temporalité et bien plus, les prémisses de l'Espace, et dans la croissance d'une réalisation,
Le feu de l'Énergie passionnée, prenant naissance dans le creuset des flots et des éthers les plus ravissants,
Dans l'épreuve de l'aboutissement de toutes esquisses ne se condamnant mais se préparant à fulgurer la venue de leurs semis glorieux.

« Ivresse d'un serment, ovation des Peuples par les pâturages, demeure d'exaltante parure, répons des achèvements,
Aux compositions fécondes de lyres composant l'influence de la Voie et de son parfait agencement par les seuils arborés,
Allant dans un déferlement, tels des chevaux foulant le limon, pour en reconnaître la pesanteur des lieux. »

Univers tressé d'émeraudes aux coloris chatoyants délivrant des rubis aux teintes exceptionnelles, que le guerrier,
Dans sa paume, tient, afin de mesurer les trajets à parcourir pour notifier l'entendement au-delà des racines coutumières,
Plus loin encore, par la fécondité des comètes abreuvées d'une rive héroïque, sans gémissement, dans une formation loyale.

« Où se lèvent des drapeaux de florales festivités, préhension et accord annonçant la flamboyance de leurs talismans,
Hissant, dans la ferveur de protocoles, le langage, ici, roseraie des pures capacités se réalisant au firmament,
Dans un signe de jouvence par les fragments hermétiques, par les labyrinthes ignorés, dans un désir espérant une fenaison. »

Opuscule de matinal adage où s'éparpillent dans des assauts victorieux les nymphes aux purpurines vêtures d'amazones,
Révélant les portées du royaume, veillées d'honorables capitaines se désignant par le courage et la valeur,
Aux nidations sacrées de créatives ascensions permettant l'appropriation de toute révélation par toute hardiesse.

« Et le miel des richesses s'équipe de leurs ornements, dans des écheveaux de granit et de fer, d'airain et de quartz aux milles transparences,
Lève, sans affliction, miroir des yeux, un amoncellement de cohortes se préparant pour un départ victorieux,
Sur les plaintes amères, sur les pleurs attristés, sur les chagrins d'hiver, délaissés devant son imposante opiniâtreté. »

Mantisse épousant des armées façonnées, acheminant par les routes, les vertiges et les transes à Midi,
De vigilances conquérantes par les moissons de l'existence, écheveaux des âmes anachorètes aux moments précieux,
Enivrant les sites de leurs danses ensorcelées et safranées d'antiennes mystiques, régulant toute affinité.

« Rencontre des souffles aux vastes augures témoignant de prières vivifiantes et sereines aux enclos des abbayes et monastères,
Où l'émanation émerge son sortilège, sa densité, et dans les symboles les plus inaltérés s'engendre à l'Éternité, naissance de l'ascèse,
Purification au secret de l'intention fulgurant le fruit de la Vie en son sentier éclairé par les marges septentrionales des alluvions. »

De prairials succès par les navigations des embarcations aux fluviaux empressements aux chrysalides messagères,
Narrant des fugues prépondérantes, reprises en chœur par les lavandières et par les chaumes des champêtres dévotions,
Par le respire voguant vers l'éblouissement et ses alizés généreux couvant l'étape haute de louanges emperlées.

« Dans l'inclination des mousses bleuies, des herbes jaunies, et des pinèdes alanguies où les ramures sont des scintillements,
Aux dynamismes se dressant vers l'Espace pour en accentuer sa parution, sa floraison et son incandescence ivre,
Dans le jeu des diffractions stellaires enhardies, brasier des allégories sans vestiges mais préaux constructibles. »

Visitations des schistes au levant, dans les vapeurs des fougères festives, dans la fleuraison des bleuets sans oubli,
Dans la concaténation des sèves irradiées perpétuant le soupir d'un songe et la qualité d'un rêve, accompagnés,
Marbres de cycles aux éventails connexes, corolles des algues, par-delà les brumes et les neiges équinoxiales.

« Bréviaire à mi nu, de la danse des notes légères et suaves, allant les symphonies et les suavités des cieux ivoirins,
Murmurant jour et nuit, dans le panache des chênes millénaires, de fugaces velléités émérites, hier torpeurs,
Des désunions, insolences à l'accoutrement corruptible se délaissant pour faire place à l'ambroisie en majesté. »

Conjugaison des cours sous la réflexion des arbres millénaires, où s'expriment des barques d'améthystes claires,
Rassemblant, dans leur avance, la diversité des équipages, les uns prédiction de vaincre et étayer, les autres, beauté impériale,
Les derniers Sagesse, en leurs enthousiasmes comme en leurs agitations, établissant de l'or présent déjà le diamantaire solstice de demain.

« Grâce de processions votives égayées par le sourire émerveillé des enfants regardant passer leur souche fortifiée,
Dans d'amples assauts de flores aux merveilleuses couleurs, certaines éthérées ou assombries de prouesses animées,
S'invitant dans le décor des esquifs dérivant doucement, par les fleuves témoignés, vers l'empyrée aux énigmes vivifiantes. »

Imposant la Voie royale pour augurer l'agrément des gestes paraissant au creux d'un paysage où se dessine le silence,
Fiable et sûre inspiration aux pupilles assidues se nourrissant pour ne tarir mais inversement éclairer la Voie,
Menant vers le nectar les nefs aux voiles carguées par le zéphyr, pour aller au-delà des terres reconnues.

« Coursières des zéniths, des nuages et des eaux, des rochers solitaires, images incarnées de cartes nouvelles à voir,
Aux longitudes et latitudes ignorées, prisme de la concentration des désirs et des sapiences ne se résolvant au néant,
Assidûment, sans abri, se confrontant à la réalité pour non seulement évoquer, mais progresser dans la compréhension du créé. »

Initiation aux ors lagunaires loin des cacophonies confluant leurs métalloïdes par les coursives des émaux et des strophes,
Plus loin des multitudes dithyrambes enflammant les esprits, les rutilant de moires aisances et fourberies,
Encore plus loin des actes sans lendemain inscrivant dans la poussière les rayons ardents de leurs gages vains.

« Tant l'impulsion est magistrale en ses degrés, ses effusions, et sa destinée propice, que rien ne peut prétendre de plus vivante,
Affleurant les concaténations sublimes pour s'en abreuver et dans l'ondulatoire recouvrement concevoir l'agrume intarissable,
L'idéer dans la direction de la régularité des orbes ne se déplaçant que dans les finalités exhaustives et saines communiquées par la vigilance. »

Liesse de l'instant ne se parant de senteurs épisodiques, de clameurs adulées et de vanités conjuguées,
Aux protocoles sursis par la charge des liens animés, s'offrant et s'épanchant dans la formalité du réel épousé,
Gratifiant cet âge d'une pulsation vitale, vivacité s'apparentant au battement du cœur de l'espace dévoilé et supérieur.

« Lyre de misaines tissées de natives étoiles de feu par les horizons aux cargaisons vivifiées de libertés sacrales,
Cadence des effluves lointains et architectoniques, brisant la houle suffisante et hautaine, pour s'en abreuver de félicité,
Et ramifier ses étendards d'écumes blondes par les îles attendant un apogée où s'inscrit, fractal, un diadème nuptial. »

Tenue de l'astre aux coloris chamarrés, accroissement des instances de l'onde majeure, force de ces univers,
Acclamée par l'éventail de gravifiques étonnements, sites aux roches affétées, portiques de temples aux éléments sacrés,
Hier surannés, en ces heures, éveillées par la dignité qui étreint leurs voussures de festifs effluves irisés.

« Présence insigne des armoiries des odes, délibération des cohortes s'élançant pour en sevrer, en charpenter,
Et proliférer les communions gigantesques, couvant le limon, attiser leurs ferments et ancrer leurs parures,
Sous le hâle des bruines automnales, dans le soupir des étés précoces, dans la fenaison divine des essences ciselées. »

Sentence de la sensation déversant ses mélodieuses partitions, tourbillonnant les graines de l'existence,
Afin d'offrir au panorama les voliges de l'iris et la caresse de la beauté, ne se cristallisant dans des allégeances,
Mais fortifiant leur noble dessein pour croiser de solidaires constellations aux réfractions connectées et avisées.

« Marche multipliée par les labyrinthes divisés, éreintés et grandis, en arme pour honorer la nocturne désinence,
Abondance de lamentations et d'infertiles exigences ne se pliant pas devant le sacre et sa fière délivrance,
Déjà, dans le drame des heures acquises, s'estompant pour laisser place au berceau des âmes unies à la Vie. »

Tonalité irradiant les perceptions, les alimentant d'une victoire imparable sur les glacis et les autorités sablières,
Nourrie par les quantités imprégnées par les vents, hissant des oriflammes incantées par de lourds tambours de bronze,
Aux répons ouvragés de glaives frappant des boucliers d'airain, pour rendre hommage au renouveau.

« Puisatière figuration des mânes à propos, aux lisses couronnements galvanisés par les chemins parcourus,
Correspondance de l'onde en ses manifestations clémentes ouvrant sur le large les fêtes du généré à leur gréement vivifié,
Protégé par des azurs aux coralliennes conceptions, novices d'épousailles de fresques intemporelles magnifiées. »

Où l'exonde s'interrompt pour charrier le fruit des songes, éclos des maturations éphémères, contemplatives,
Des ivresses volages tendant leurs arceaux de cordages interpénétrant toute diaphanéité afin de suggérer,
D'un état, le sérail d'une appétence que tout éther par ses alizés féconds, strie de novatrices floraisons.

« Bruissement de réverbérations se dessinant à l'aune de la créativité et de ses fastes, se démarquant des grèves enfantées,
Souhait des buccinateurs en déployant les ivres festivités du langage, ébauche d'une matrice dévoilée,
Celle accordant le rythme de toutes possibilités, afin d'en générer la potentialité exaltante conduisant à l'excellence. »

Là, dans le miroir de l'infiniment petit reflétant l'infiniment grand, aux armatures semblables transcrivant la quiétude,
De la concentration de la détermination, sans fléchissement, innocence primitive de la ténacité subtile, où chaque étincellement,
Honore, enthousiaste, le parfum des roseraies de lys s'orientant et s'établissant passementerie de l'Éternité.

« Suavité des sources se ruant hors des abstractions les plus infidèles afin de rayonner dans leurs limites axiales,
Les témoignages de la Voie sans soumission, sans dérive, ni destruction, cette Voie limpide exauçant ses principes,
Dans une forte vague aux pugnaces attitudes, pavois hissés d'un commandement libérant toutes pentes. »

Étreintes d'interférences performantes discutées, dans une mobilité coordonnée et prépondérante, advenant,
Par leur concaténation, un pérenne agencement à l'assemblage unique et sublime, à la congruité adéquate,
Pour formaliser dans la nef de leurs attirances l'épanouissement de la création, silence des virtualités.

« Attrait de la multiplicité, de houle en houle, du vide contournant l'émolument de l'éternel retour vers l'ombre,
Afin de se signifier dans la perfection, ses eaux vives, ses mystères les plus résolus, ses ambres les plus parfaits,
Valeurs disposes de réflexions et d'essors majestueux, dessillant et apprivoisant la vision éclairée. »

Conscience des appariements des souffles dans une calligraphie formulant, sans atermoiements, par les temps,
La visitation et l'instruction, par la course du soleil comme de l'énergie motrice, de toute raison ne s'étiolant mais s'amplifiant,
Afin de fonder dans le corps de la nécessité ses ultimes richesses, ses incarnats, emprises et semences de prestiges.

« Dans ce lieu de la prédilection souveraine non rétractée mais subdivisée, développement de toute ardeur retrouvée,
Forgeant le tison de la pierre d'œuvre accordée, émérite en ses hiérarchies, dans une édification marbrée,
Où le différé ne se retient, ne se discute, mais se saisit et se nourrit de toute la vitalité nantie pour se déclarer victorieuse ascension. »

Ou l'œuvre en silence persiste, apure l'éloquence et ruisselle ses fugues averties de prières, de magnanimes aspirations,
Ensorcelle de vastes plénitudes, loin des errances et des coutumières méprises des balbutiements sans sèves,
Ni latitudes, volatiles exondations de rêves aux métriques dissipées par des conjugaisons solitaires et anémiées.

« Où opère l'efficacité, dans leurs appartenances, leurs florilèges et leurs maximes oublieuses, où s'entonne la pluralité reniée,
Que la densité ne croît, dans l'étendue d'un instant amenuise puis disparaît dans la poussière des troubles,
Que l'attention ne fléchit, car révélée dans la pureté de la nue et de ses moments de grâce comme de ses sources de fertilité. »

Signe des tonicités gravitant le scintillement caractérisant l'immortel renouveau frappant à la porte de la Vie,
Et auxquels réagissent les chevaleries aristocratiques, résolues, sans la moindre empreinte velléitaire,
Car souci de l'aube et de ses magistrales définitions, ouvertures se matérialisant par des exploits impérieux.

« Éclairs de la sensation irisée et dialoguée par les arcanes de la puissance et de ses dévotions vêtues d'armures,
De cristal et de naissance, de porphyre et de calcites altiers, fers de lances crépitant des embellissements merveilleux,
Où se baignent les talismaniques aptitudes, les poudroiements stimulés et animés des émanations limpides. »

Adjonctions aux barques qui glissent la rive de natifs empyrées, où les étendards flottent une nature appropriée,
Comme une efflorescence propageant, par une navigation stellaire, la consonance d'un mot d'ordre culminant l'illimité,
Et des sols et des cycles, et des champs et des vigueurs accentuées à l'infini pour honorer le firmament.

« Par les fortifications impénétrables, aux canaux de schistes mémoriaux, dans les abîmes les plus sombres des longitudes,
Dans ces abysses et ces frénétiques cimes dévisageant de leurs imposantes caractéristiques les blondeurs des cieux,
Par les routes où se presse son verbe énergique qui affirme, autorise, enseigne la saison précieuse du flamboiement. »

Consécration des algues à Midi, dans le prieuré des miroitements de vitraux fanant les ramures équinoxiales,
Confirmant l'embrasement novicial éprouvant ses prémisses dans une représentation arasant toute terne négligence,
Apparaissant l'étonnant rivage où ne s'endorment ses principes ne se liant propriété d'ébauches atones.

« Renaissance de la mélopée des voix entrelacées, édifiées, rebelles, écheveau ajusté par les horizons fluviaux,
Dans la force de la logique, où les théorisations partent vers les fragrances pour en restituer les pulsions réfléchies,
Ne s'affadissant de brièveté et encore moins d'incohérence, avisent en elles les leviers d'une concrétisation sublime. »

Virginité de la féerie des règnes aux alluvions scintillant leurs nectars aux douves armoriées des adages sans équivoques,
Épopée où s'élancent les brises pour favoriser au zénith les discours enfantés ne se perdant dans la solitude,
Mais s'invitant, par complémentarité, afin de se débarrasser de la vibration désuète de l'omission, et ainsi redorer le blason de l'harmonie révélatrice.

« Corolle des âmes sans épuisement ravissant le canal des apothéoses ardentes, où luisent de sépales et de pétales,
Les orientations remarquables de préceptes divins, de raisonnements précoces, marqueurs des cils éveillés,
Par la floraison propice où s'enthousiasment les abeilles pour activer l'acropole des dynasties et apaiser la faim des buccinateurs. »

Nidification d'une sève consistante ébruitant les mérites de flamboyantes aventures florales désignées,
Sacre d'un Printemps où comparaissent, parlements, les grillons aux habits de mousses dévoués à l'éternité,
Sous le chant des oiseaux lyres hissant vers les pinacles et les faîtes constellés, la mémoire de leurs conciliabules.

« Clameur sans repos dans l'instruction, sans absence, de la vitale régularité féconde, vivifiant et prononçant,
L'impétuosité d'une conviction par les habitats des rimes, par la ferveur imprégnant la rosée des matinales effervescences,
Teinte de psaumes, habitacles de mérites, dévoilant la nitescence de l'incandescence ouvragée et rayonnante. »

Native efflorescence du Verbe par les prouesses mues, enchantées et idéalisées, où les allégories exhortent,
Au vertige de nappes ivoirines dans lesquelles s'immergent des sirènes aux habits somptueux, de sveltes pages,
Et de vierges pulsations aux rires cristallisant la tempérance comme la noblesse d'un frisson, l'énamoure d'un propos.

« Souffle dans la maturité de la permanence conviée où les voix sereines ne se taisent ni balbutient, mais composent,
Car disposant du talent vital pour organiser les abondances de la Vie, dans leurs richesses comme dans leurs contraintes,
Dans cet aréopage d'une direction motrice ne frémissant sous les effluves des vents contraires, des tempêtes sans argument. »

Où s'implante, là, comme un écrin dévoilant son ascèse, sa sûreté, son opalescente irradiation où tout un chacun,
Se stimule et s'engage pour en fructifier la formelle désinence par les phonèmes alimentés par-delà les paroles rares,
Comme par-delà les verbiages isolés, afin d'élaguer les traces d'un sursis et conjuguer l'élévation dans une temporalité novatrice.

« Amène charge des exquises parures aux fougues lumineuses luisant une pérennité de domanial miroitement,
Conte des livres de l'espoir, senteur des hymnes en réplique, portail de l'apprentissage des actions à entreprendre,
Modélisant des œuvres supérieures, sans apitoiements, fertilisant, contrôlant et destinant toute démonstration initiée. »

Et le feu dans cet essaim rugit ses formulations, assène ses incantations, afin de ranimer la perception de la nature,
Parer sa pratique de pluies d'étincelles aux frénétiques ramures, aux décors nuptiaux, dans l'appariement de la beauté,
Que le Sage observe, saisit et ourle d'une vivacité seyante à l'argumentation de l'accomplissement en sa mesure.

« Libérant de l'étreinte, la formalisation des terres, l'affranchissement des airs, la maturation des opiacées liquides,
Intronisant tout un chacun à la préhension des périodes de ce monde et de leurs envoûtements, pour mieux les dépasser,
Non les anéantir, les perpétuer ou les irradier, mais les comprendre, et déjà s'exfolier de leurs nervures matérialisées. »

Affines écumes des Océans titanesques, dressées sur l'horizon, aux fins de s'inventer des prééminences azurées,
Menant par l'alizé à la considération de la Vie, dans ses états, ses appropriations, ses complémentaires certitudes,
Toutes sentes en Voie de l'appartenance admirable, orientant la finalité exhaustive au-delà de toutes espérances.

« Où bruit le serment de l'Être, debout, face à l'immensité contemplée dont il doit gravir la force extraordinaire,
Pour porter l'oriflamme du Vivant, par les Univers et leurs renommées, leurs scintillements et leurs épanchements,
Là, ici, plus loin, dans une foi vibrante, car félicité cosmique, absente de toute destruction comme de toute désincarnation. »

Palpitation et ovation des cœurs à l'unisson s'ouvrant aux fenaisons par les glaises ancestrales, allant vers les vertigineux sillons,
De l'enfantement mature, à la rencontre de la clarté, de la diaphanéité des sédiments, assurant la cueillette,
Des étoiles accouplées, préfiguration de célestes et amples préambules prédestinant à l'Éternité angélique.

« Métamorphose des élocutions par le langage et ses sanctifications, conduisant le cristal à l'Olympe de sa limpidité,
Tendre enlacement des rimes possédées d'arrangements infinis apprivoisant le sérail de la puissance,
Dans une métrique semée d'axiomatisations démesurées, coïncidant sa progression inexpugnable vers la Déité. »

Orbe des labyrinthes les plus vitaux frappants de leurs mantisses les triomphes comme les peines, pour les marbrer dans l'Histoire,
Des existants, de leurs éponymes valeurs, de leurs danses alanguies comme de leurs frénétiques ivresses exhalées,
Où se tient, majeur, le regard de la parousie dans ses détails, ses blasons, ses armoiries joyeuses et azuréennes.

« Libre arbitre du dessein nécessaire pour augurer une prestigieuse éloquence, chronique d'un parfum suave,
Fécondant les astres, dans le secret des rives à parcourir, déflorer, déchiffrer et sanctifier d'une préciosité,
Conjonction de toute autorité déployée et définie délibérant et accentuant la formalisation de l'avenir en son sein. »

Armature de réverbérations se hissant, non dans la cohue, mais dans une apparence impartiale, visite et guide,
De la plénitude armoriée, perfection vitale, retrouvant dans la lumière, l'invention, l'intention, au sceau sublimé,
Où, présence, la rémanence formelle induite ne faiblit, bien au contraire s'étoffe et sans rupture s'intègre, magistrale.

« Vive aurore de sincérités qui ne s'épuisent dans les lagunes hivernales, dans les floraisons hâtives et désordonnées,
Mais, ouvertes sur la pluralité des houles, dans le vœu d'une évolution majeure, ne se défont ni ne se sursoient,
À l'opposé, s'élancent, enchantement de toute synchronicité natale, portées de toute maturité, pour prospérer. »

Prémisse éclairée par les odes de la hardiesse et des zèles victorieux tressant, dans une démarche souveraine,
Sur les plaines ardentes, les fleuves impérieux, les mers somptueuses, les cimes irradiées, le souci d'une formation,
Sans errance, persistante, bien plus, consacrée et magnifiée dans ses accords générés, par une immortelle randonnée.

« Essence du gestalt détrônant les balbutiements des pampres impérieux comme de leurs augures anachorètes,
Érodés de leur substance, nécrosés dans des rituels ataviques, s'adonnant à la bassesse, oublieux de l'ineffable nécessité,
Cette allée de l'ascension parlant d'elle-même dans le panache de la vision affleurant et pénétrant sa fécondité. »

Dans une intuition téméraire atteignant par ses fruits conçus, les contreforts et limites d'une compréhension reconnue,
Inspirant, accentuant et accompagnant le sentiment comme le jugement de filiations émérites et organisées,
Dans la liesse d'un verbe brandissant ses fanions au-devant du louvoiement des adages des temps murmurés.

« Poursuite de l'Éveil, oint en sa course, conception, médiation de la splendeur évacuant les transes équivoques,
Les insipides torpeurs, ne pouvant trouver place devant son impulsion fédérée, naviguant en haute mer,
Pour étendre la Vie par-delà toute désagrégation, au-delà de toute destruction, dans l'épanouissement harmonieux. »

Puissance éblouissante offrant au zénith constellant chaque fibre comme chaque étoffe, son caractère symbiotique,
Combinant la Vie à une impériale combinaison ne se formalisant ni ne se dérobant devant l'attrait trompeur de l'indéfini,
Allant, de nénuphars en nénuphars, le devoir de la création et de ses règnes, jusqu'aux abysses mémorables.

« Dépossédés de leurs telluriques certitudes, prononciations du futile et de ses concussions avides,
Car désormais conjointes de l'intégrité planifiant leur transhumance pour les mener dans l'absence et ses rets particuliers,
Avertissant la mémoire de tout individu sur les dangers, les conflits, les aberrations de la vacuité ne saisissant l'opportunité du réel. »

Progrès triomphal balayant les défenses matérialisées de ruissellements fauves préférant s'abriter plutôt que conquérir,
La léthargie plutôt que la genèse et l'expérience de la genèse, se délitant devant la sylve aux eaux embrasées,
Perdant jusqu'à l'intellection, au regard de leur raréfaction, afin de se complaire dans l'absurdité et ses imaginaires afflués.

« Là où le seuil doit se dépasser pour assimiler, organiser et structurer et déployer, agir dans la surconscience,
Là où le vœu ne se suffit, mais exige de se recueillir en ses racines pour les projeter, les établir et les parfaire,
Dans une gravitation et une célébration poussant le respire sibyllin, toujours composé, vers le couronnement. »

Sans masques, sans invisible décor, dans la lueur du jour naissant, car étant de la situation qui se conserve,
Lavant le frisson des algues pour apurer la consonance fulgurée de l'orientation des créativités de l'existant,
Advenant le message de la genèse au potentiel de transcendance nécessaire pour conjoindre l'immanence.

« Par les configurations stellaires imbriquées, concaténées, ouvragées, développées, se croisant et s'entrecroisant,
Dans un ballet de cristalline jouvence, vecteurs d'une symphonie élégante, fonction d'une architectonie
Naturant l'œuvre de l'intelligence en l'immortalité, générée par la matière comme par la spiritualité, afin d'y naître renaissance. »

III

De grands sacres ...

De grands sacres s'en viennent par les rivages d'or
Où pleut la beauté dont les étendards sont les corps
De la pluviosité brillant de ses coloris les précieux
Sillons où s'évertue le vivant, nature du merveilleux
Que les ambres tamisent de cieux irisés et solaires
Où se tient l'ode dans ses courses éphémères,
Semant les sols de fresques ardentes et florales
Où jaillissent les lys horizons de cils prairials,
Qui, sans absence, délibèrent des souffles, l'épure.

Déploiement de la manifestation, épure d'immortelle vague au firmament du vent altier pressant ses armées aux mânes du respire,
Membrane des âges glorifiés parcourant l'immensité dans des alizés forgés voguant, précieuse, la véracité de l'animé,
Offrant aux piédestaux des temples de granit les capacités précoces des âmes vagabondes hissant le pavois de la Paix.

« Comme une effusion dans un ciel serein, envergure de l'envol de l'aigle enchanteur semant à profusion son destin,
Par les parterres enfantés de lys et de dahlias, de mousses odorantes et de sèves adamantes, lieux de sources profanes,
Embellies de coordonnées fractales aux mystères abandonnés, afin de conforter le rameau vert de son infinitude. »

Perfection d'un ouvrage en mouvement, où se destine la densité exquise d'une triade dessinée de vigueurs au levant,
Fière élégance de strophes, dans l'encorbellement des diaphanes roseraies, résonnant, imperturbablement son écho,
Celui de la permanence contrant l'impermanence et ses orées effeuillées, ses coupes abandonnées et ses couleurs safranées.

« Sentence du cristal aux remparts animés de parousies, hardiesses d'une fierté assumée navigatrice,
Où les éléments fluides dérivent des barques embaumées vers des sites d'opales et de quartz, de schistes et d'ébènes,
De sylves les effusions s'emparant des rais de la lumière pour les révéler, perceptibles, là où le silence se tait. »

Instance de la portée des alluvions stridents, et des clameurs songeuses devant les détails d'un empire échu, là-bas,
Où le miroir des citadelles incorruptibles ne s'investit, tant le brouillard est indécence de son vacillement,
Marque déniée par le front brillant de la volonté salvatrice, devenir du principe des floraisons par son séjour.

« De vastes paysages, invention de parcours aux nidations fertiles et aux foyers éblouis, dans une candeur mémorable,
Par-delà les vestiges, la multitude exonde des rêveries, symbolisant les profils prospérés d'un domaine,
Une forme transformée, où l'énergie exulte, confère et dans l'équilibre cohérent apparaît toute luminosité. »

D'une espérance rompant les styles nuageux, les tourbes mobiles et les évocations mystiques propagées,
Dans l'indifférence ou la désintégration, la maturation féconde ne se brisant sur les rochers immobiles,
Délivrance, au-delà des plaintes, du souci du sourire ne s'étiolant devant la gloire comme la victoire assumée.

« Iris flamboyant devant l'écume, marbrant les univers de ses vivaces motricités, sans interruption de la Voie,
Coïncidant ses limites pour en apprivoiser et en parfaire le sérail et la valeur de domaniale randonnée,
Inspirée par la déité aux échos prononcés et officiés dont les prêtres, dans la théurgie salvatrice, encensent l'avenir. »

Sacrent ses intensités, sans reniements, avancent non seulement l'espoir d'en naître la configuration, mais bien plus encore,
En perdurent la construction sans failles ne s'oubliant, ne se parjurant, dans une félicité domaniale et sûre,
Où la capacité, dans son aristocrate détermination, argue, jusqu'en les arcanes les plus secrets qui permettent son idéation.

« Présence aux saillies de la tentation affleurant la transcendance, submersion de la pérenne injonction ouvrant,
Sur l'immanence, dans la vertu, règle de toute viduité, de toute opiniâtreté, de toute figuration advenant l'attitude,
De la réflexion de quiétude, correspondance d'un sentier ne s'escarpant ni ne se volatilisant, mais s'appropriant. »

Par des voix imperturbables aux mélodies sans carence proférant, idéalisant sa quintessence toute-puissante,
Éclairant de sa tempérance le tracé des tresses parcheminées des âmes déployées dans sa vive arborescence,
Celle de la grâce et de l'apparat, structures de fresques architecturales devisées, triomphe par le zénith.

« De l'intégrité du Verbe, sans exclusives aspirations, réalisation par toutes faces des macrocosmes saillit par l'œuvre,
Dans une résolution, une promptitude et le souci d'un achèvement, naissant les degrés de la formalisation,
Des niveaux sans aspérités ni protubérances, déferlant leurs eaux sur le limon des âges et de leurs anses. »

Confluence jaillie de métalloïdes rares et précieux aux éventails surannés, aux volumes adulés, emportant mesure,
Et de la théorisation des parentés de leurs racines, et de leurs inspirations, comme de leurs enchaînements,
Ouvrages ascendants de la création dans toutes ses structures et organisations aux matures développements.

« Aux rus des rives antiques, lavant de ses frissons la matière brute et ses exhibitions statiques, dans une exhalaison explicite,
Volition d'une harmonisation aboutie, perpétuée, témoignée, adulée, et dans le ruissellement de ses dédales,
Acclimatée par l'existence de ses multiplicités exondes, ses appariements, ses complémentarités exemplaires. »

Empyrées de nefs élancées, sans votives allégeances, instruisant la perfection dans leurs reflets ivoirins,
Conte de la Sagesse sur les éminences superbes où luisent la parenthèse d'un équinoxe et la fluviale expression d'un solstice,
Marge de liserés dénudés, bruissant de désinences se ruant vers les fenaisons participes d'un éveil composé.

« Répons d'une autorité remarquée, veille de la multitude ranimée par sa symphonique concertation dont la prêtrise,
Assure l'ordonnancement de paliers, les uns à la suite des autres, menant à l'éclatant sevrage bannissant le servage,
De la Vie, en la Vie, par la Vie, afin de fidéliser l'incarnat, manifestation de la propriété d'une ascension. »

Hymne par les courants, les vents, les fleuves et les Océans, les terres affranchies, par sa nitescence engendrée,
Où son couronnement ne se mortifie mais à l'inverse, sans abri, ne s'estompe, se ramifie au courant des flots,
Portant ses voiles de cristal vers le seuil, aux exondations envoûtées de féeries, des îles du renouveau.

« Atolls prononcés, archipels sublimés, aux couleurs de chatoiements où les ondines se pressent, et les panches se gréent,
Pour ornementer la gravure fructueuse de l'abondance parfaite et amplifiée, carène du devenir des foules,
Témoignant, dans son triomphe, d'une exigence solidaire ne vacillant sous l'étreinte de la brume opiacée. »

Préambule des âges de la nue somptuaire, où les vaisseaux aux fils argentés conçoivent, dans une chrysalide nuptiale,
La magnificence, cette parure réfléchissant avec intensité un frémissement par toutes les ramilles des mondes,
Libérant l'altière définition du sens, entrelaçant dans un champ toutes variétés naturelles pour les orienter et les ciseler.

« On y voit ici des fastes et des lagunes polies de laves aux coloris adamantins décorés de diadèmes aux cristaux d'ambre,
Où la source de la diaphanéité charrie ses sédiments pour graviter dans de prestigieuses orientations,
Le dessein des temps, synchronie d'un essor dont les participes chevauchent, entrelacent, et désignent l'éternité. »

Chatoiement du pépiement des oiseaux-Lyres annonçant la prestigieuse éloquence tonale ruisselant ses parfums,
Ses emprises et ses créations épithéliales où s'inscrivent ornements ses certitudes et ses prescriptions,
Où des atours chatoyants, dans la fragrance d'un état serein, canalisant leurs volutes dans de géométriques conditions, se concatènent.

« Afin de fidéliser la Voie par la Voie en la Voie, permettre toute accession à la gloire et ses pâmoisons azuréennes,
Celles énonçant le souci de grandir, celles visitant les pléiades, aux passementeries multicolores, pour les révéler,
Flamboyer leurs cimes de pluralités, nécessaires démonstrations dans le débat transcrivant et instaurant leur fondation. »

En ces figures se reflètent, sous la clarté nacrée par les perles du matin de l'aube engendrée, des floralies votives,
Persévérant des gréements, coriaces et fiers, par des avenues templières et discrétionnaires où la hardiesse,
Ne fléchit mais agence l'usage d'une harmonie acclamée par le sourire des enfants, encensée par toutes floralies natives.

« Dans une disposition sans sursis, logique de sa perspective, accueillant par-delà le sentiment, le nectar ouvragé,
Faconde de la venue des assemblées aux voix collaborant et satisfaisant à l'axiomatisation vivante pour d'une concordance,
Bouleverser les semis intimes, attardés, les plantations d'eaux rutilantes s'ébruitant au silence navigateur. »

Il y a là comme un baume de jouvence, accentué par une créative randonnée façonnant les contours de marches gravies,
Préconisées et maîtrisées, déjà dépassées par l'orientation du vœu constellant la moisson des dominations,
Regardant le passé comme porte vers le futur, ouvrant large ses ailes pour pénétrer la forge secrète et ses pouvoirs.

« Formalisant l'existant, dès son premier écrin, dans ses subdivisions recherchées, ses divinités, ses requêtes de raison,
Ses marbres de consciences, ses turbulences visitées, ses allégories sans nombre ne se propageant dans une fixité,
Mais perpétuellement s'imposant à la droiture, à l'honneur, à la grandeur, sans la moindre défaillance face à l'œuvre à inscrire. »

Antienne des ramures septentrionales, causeries de théurgies aux monèmes embrasant des foyers de triomphe,
Où le Guerrier compose, dans la majesté de la pondération, un rescrit, conjonction des méditations majeures,
Loin des parodies, des velléités, des agapes amères, aux fins d'accroître la réalisation vivante par cet instant.

« Et des zéphyrs légers vont et viennent les officiances de ce royaume, conduisant les méditations à la réalité la plus lumineuse,
Comme des cils ouverts sur les univers, sur leurs prairies aux douves lactées et moirées de songes et de nuptiaux appariements,
Comme des itinéraires s'exposant, se croisant, s'entrecroisant, et s'agréant pour naître le portique d'une finalité exhaustive. »

Celle du Pouvoir, sans désir, mais conçu dans une vitale affirmation, celle de la genèse d'un Olympe par son champ d'action,
Dont les mobiles signalent leurs oriflammes pour satisfaire à la capacité dans le jeu d'une avance impériale,
Mais aussi d'un statisme considéré, canalisateur, concédant uniquement à l'ouvrage le soin de se prolonger, s'achever et se sacraliser.

« Orbe gravifique sans atermoiements aux splendides étoffes véhiculant non pas la renommée mais l'élégance,
La vive arborescence de sillons illuminés allant au-delà des imperfections pour extérioriser et manifester la substance éclose,
Mémoire de l'affection véhiculant la vertu d'une locution dépassant toutes contemplations affines dans un agir souverain. »

Pérenne demeure où, sèves, vont les affluents alimentés par les ondes des tempérances, solennelles,
Formidables d'envolées portuaires inscrites par tout espace civilisé, subséquemment par toute novation de la perception,
Où mènent, à l'abondance, des contenances épanouies, entretenues conséquences d'une unité pionnière.

« Essaim des cœurs palpitants une villégiature qui ne s'affaiblit, ne se replie, mais expose la prescription d'une sécularité,
Où les ordres, dissociés d'idolâtres associations, en sa temporalité, conduisent des incarnats lumineux et dispos,
Hâlant les critères, encensés par les cristallisations sublimes, où des énonciations concordent toutes fêtes de la création. »

Aube sous le vent aux mélodieuses agrégations délaissant la frivolité pour apparaître conditions inaltérées de l'intelligence,
Reconnues par l'Imaginal, dans le décor d'une ornementation non convenue à sa rêverie, mais application formelle,
De la volonté, répons et motivation de générations empressées se développant dans une embellie certaine.

« Par-delà les exils impromptus, les polémiques hâtives, les consonances avides, les engourdissements de berges acerbes,
Toutes transes désorientées entreprenant leur propre exfoliation pour sonder leur abîme et surgir à la cime opérante,
Celle de la Sagesse fructifiée, obérant les lamentations et les prières, dans la conviction d'un sacre attendu. »

Force de flamboyances spacieuses, agitation spontanée ou légiférée par les houles des Océans à Midi,
Par les plaines enivrées, sanctuaires, perception des constellations apprenant au vivant la glorification et son sacerdoce,
Dans l'humilité, la tendresse, le rire limpide, offrant à la vie leur parure d'immortelle abnégation devisée et supérieure.

« Féerie des algues où dans un hymne, les marbrures diaphanes vont les étincelants rivages, les glaises amazone,
Fièvres de la joie et de la Voie, inséparables, intensifiant les actions pour engendrer la félicité d'un chant et libérer la beauté,
D'une épopée, celle de la moisson des blondeurs comme de la fenaison de la splendeur, où butinent les astres en leurs cycles épousés. »

Prisme de la chorégraphie des œuvres assumées, délibérées, enfantant d'un bel éclat leur visitation, retrouvant là,
Celle de l'architecture sacrée des cosmos, déployés dans des farandoles, tonifiant l'expression des apogées,
De la fragrance des existants, semence de notable nom, perfectible d'une haute passion exultant ses vivacités.

« Formidables secousses par les immensités concaténées de fractals dialogues impérieux développant,
Les axes primordiaux préparant leurs limbes au sérail monumental de la pure éloquence, où les stances,
Ébrouent leurs incertitudes, galvanisent leurs odes dans une exigence amène, apprêtant sur l'horizon le signe aventureux. »

Concentration des existants établis, de pampres en ramilles, comme des enjolivures, idéalisés et accordés vacation,
D'esprits éclairés, signifiés par-delà les tempétueuses communications, les confrontations sans avenir,
Dans une affinité symbiotique augurant des langages et de leurs sources une gravure d'arc-en-ciel émérite.

« Livre de la Vie célébrée, livre ouvert sur les fécondes maturations de la volonté, sans défaillance, encourageant,
Les initiatives du Généré, lui consentant d'avancer et jamais ne reculer devant les dépressions de l'insipide,
Dans une vigueur qui ne monopolise, mais parfait et brille de tous ses brasiers toutes faces créées par la divine autorité. »

Constante naissant la vitalité persistante consacrée de fruits cueillis, sans le moindre abandon du corps prairial,
Pour l'ourler de la disposition d'Être par-delà les mystères hermétiques, leurs discours évoqués à mi-repos,
Souffrances de la léthargie au dessein convoquant l'impondérable pour atteindre ses limites désœuvrées.

« Arceaux des âges visités, ne se tressant dans l'arcane primordial ne pliant aucunement devant le vent de sa saison,
Car symbolisé par le sens de l'Imaginal, se l'appropriant, s'ouvrant à la pesanteur des exquises novations,
Dans la parousie d'une joute créative exploitant chaque destinée pour l'assimiler, la traduire, et la confirmer potentiel. »

Raison aux exégèses de la complémentarité que des fanions magistraux érigent et certifient d'une densité exemplaire,
Celle de l'existence en ses ramures infinies, en ses détroits constellés, en ses abris impassibles et en ses éclairs symboliques,
Où, comme un frais parfum, la coupe de la sécularité distille les effluves d'une providence ne se brisant sur l'instabilité.

« Efficience sans drame des théurgies obsolètes confinées aux oratoires de temples endeuillés, murés par leur absence,
Naissance d'un vœu céleste par les foules exultant, les peuples aux latitudes immenses, occurrences du libre arbitre,
Insigne des entrevues, des actes et des conjonctions où s'ouvrent, sur la plénitude et ses épanchements, toutes conjonctions. »

Accomplissement et non seulement prière, sans égarement, charriant ses ovations jusqu'aux zéniths solaires,
Pour exprimer, dans un rituel de sensation ne s'adonnant à l'immuabilité et ses moments fauves, la ferveur initiée,
Par le tégument de la multiplicité, en ses structures comme en son organisation, par toute concrétisation révélée.

« Vêture du Printemps Sacré, qu'atours les émanations grées par les Assemblées pressent loin des tumultes,
Abreuvent du motif de la route commune aux orientations débattues se formulant pour annoncer l'évocation,
Du lieu et de ses ambres, la bonté de ses flux et reflux, leur lactescence authentifiée par le sourire des enfants. »

Ici, le vent se lève et agence ses proportions dans de copieuses farandoles, libérant aux voûtes des montagnes,
La diffraction de la sapience des heures de granit, par le talisman des marbres incitant à une construction majeure,
Acclimatant l'attention à l'exigence opérante, à la nature singulière d'un empire supérieur régulé par la permanence.

« Déterminant la réverbération d'un futur à conquérir ne se méprenant sur la définition profonde de son ascension,
Sur les flots, bâtie par les matures mandants sa présence, dans la teneur de signes particuliers et démonstratifs,
Aux lois sans équivoque, permettant de forger le sentier à suivre par leurs affluences expérimentées et diversifiées. »

Épithéliaux rameaux des avenues de ce sort conjoint, au-delà des abstractions éphémères, des dits sans renoms,
Observés par les constellations, toutes passions de l'œuvre mûrie se tournant vers l'essence même de leur frisson,
Celui de la Vie organique, où les sources sur les sommets divins, entonnent un hymne de rayonnement souverain.

« Il y a là, comme des vols de Circaètes vibrant des éléments diaphanes, délaissant leurs factures de faunes,
Pour d'un serment, alimenter et engager toute racine dans la portée des nébuleuses gravies et des soleils délivrés,
Dépasser leurs limites, sans ajournements, s'ouvrir aux moissons suscitées par leur force où l'ambre ne tarie. »

Illumination des principes de la Voie se haussant à la révélation, voyant par les nombres en fenaison, les ordonnances,
Sans masques, sans haillons, assemblés, délibérant le souffle et ses exactes croyances par-delà les servitudes révolues,
Dépassant les miroirs exons pour, dans les temps, définir, façonner, et embraser l'événement nuptial hiverné.

« Référent d'un apaisement par les attraits de la splendeur célébrant de ses rayons les éclipses des nuées sauvages,
Disparaissant dans le firmament des roseraies pour parfaire la vision des semences moissonnées, agréées et engrangées,
Toutes cargaisons de nefs cristallines, relevant le défi de se consacrer, par-delà les grèves, à l'efficience d'une renommée. »

Espoir dans le secret du Verbe, prospérant par la charge des homogénéités dressées, ne s'immolant mais nouant,
Par mille et mille effluves entêtants, les apparats de la matière initiée, où des laves brûlantes et miellées adviennent,
Au-delà de l'informe, la forme incomparable d'une dimension noyant l'ivresse dans l'ivresse et ses pâmoisons.

« Épanchent et hissent l'imposant commandement, délaissant la poussière, ses amertumes, ses fugaces turpitudes,
Pour argumenter la créative ardeur, nervure des seuils à franchir et aduler, dans une partition combinatoire,
Pullulant une symphonique prestance, ouvragée par la multitude, appelant le réel à naître dans la pure harmonie. »

Par les limbes ce transport ne se complaît mais se présente et dans la sérénité s'accueille avec une ferveur devenue,
Pour ouvrir les terres à leur préciosité, leurs embellies, et leur hégémonie, dans une romance d'allégresse,
Ou éprise, la Vie s'envole vers les luminosités tonales des ans renouvelés vers les fortifications de l'infini.

« Armatures secrètes devant l'immensité désignant des prières le jaillissement limpide et sensoriel, dévoilant,
L'augure à déployer par les sphères, comme une fulguration par les gravures à naître, guider et prospérer,
Afin d'abstraire les cacophonies et les ployer sans prise sur le futur sublime dont la divinité entretient les rimes. »

Faste épique, par les orées des forêts, les monts crénelés, les florales demeures enfantées, les fleuves argentés,
Attrait de l'impériale affinité inondant et fructifiant la mémoire des cycles et leur résurgence dans le flux et le reflux,
Des Océans, pénétrant la conscience des marnes lovées, animées de préceptes hissant une singulière vertu.

« Où l'intime manifestation propose et non dispose, s'acclame et non s'expulse, trouve, sans le moindre refuge,
Les corrélations lui permettant d'iriser sa mise sacrale, rayonnement de la clarté des heures à signifier,
Reflétant par mille facettes des masses lumineuses aux complémentaires fibrilles, mutuellement désignées. »

Par les aréopages, au-delà des vacarmes et des irritations de l'équinoxe, portance de solstices aux oriflammes,
Élevant chaque Être par le chant, par l'évocation des lieux, des configurations, des abyssales nidations,
Des faîtes sans drames où plane l'Aigle, scrutant, à l'aune de son sérail, la féerie diachronique de l'incarnation sans dérive.

« Là, dans ce creuset des âmes ébruitées, parlementant, professant, et par-delà tout enseignement se conduisant,
Reconnaissance de la Matière Spirituelle, sans abri des voussures de l'esprit, sans ossatures ni béquilles,
Dévoilant l'altier principe du dépassement de toute intensité pour en exposer la majestueuse configuration radieuse. »

Une apparence irisant la perception de son excellence, par-delà les précipices et leurs élaborations,
Une préhension à la conformation intègre, cadre d'une plus vaste composition, témoignage de la mesure,
D'une croissance par les temps aux écheveaux inscrits par l'horizon, promesse glorieuse d'un horizon.

« De l'aube au crépuscule, charriant la canalisation de toutes endurances par toutes créations pour les imprégner de la nécessité,
De l'action lucide comme de l'action votive, sincères d'une intelligence, exhaustive de la finalité d'un renouveau,
Dans l'organisation comme dans la structure, veillant à la réalisation du Vivant et de sa parousie par l'Éternité. »

Transmutation ne s'isolant, mais se perpétuant, ouverte sur le savoir, transcendance, affleurement d'une rencontre,
Avec l'immanence, élan participe de son étonnant rivage que tout un chacun reconnaît dans la pulsion motrice,
De son enfantement comme de ses compositions multiples, où, prémisse, se collabore toute maturation.

« Et le feu rayonne cette ambroisie, levant ses fanions idéés constellant ses ramures de la grandeur vivace et fière,
Conjointe de l'entendement, combinant le terme de l'imaginal, découvrant les sources de la plénitude et de ses offrandes,
Où, des mélodies suaves et habiles, transfèrent la clairvoyance dans une créativité des plus admirables et non une cécité oublieuse. »

Orientation des vœux, sans refuges dans l'austère inquiétude où le statisme inconditionnel et létal fustigent le Verbe,
Où des floralies exposent, dans le déversement de ses moments de grâce aux mystérieuses ascensions, la vertu capitale,
Permettant l'introduction par la multitude, d'une complémentarité, façonnant la genèse de périodes glorieuses.

« Ondes vertigineuses, de cimes en pentes générant la trame d'une élégance acclimatée, agrément de l'ivoire,
Conviction de la victoire, dans la devise d'une impérieuse componction aux fastes ne s'immobilisant mais se matérialisant,
Pour s'ouvrir à la raison gravitée, aux offrandes miraculeuses, fomentant, dans leurs dialogues heureux, une naissance appropriée. »

Fertilité des demeures nuptiales que les Sages assistent génération, votifs de recommandations sereines,
Aux portiques des ordres monastiques et chevaleresques, agençant et réalisant les degrés de la perfection,
De l'Élite personnifiée, dire de l'épanouissement, expérience des pampres de la capacité, où veille la vigilance.

« Écheveau de routes en nombres, partagées, destinées, associées, alliées, ralliés dans une écume blonde,
Par les chaumes les plus tendres comme par les villes les plus construites, par les Mers aux atolls éveillés,
Où les flores dans les exhalaisons azurées des mânes, dans le regard des enfants, tressent le dessein d'une purification. »

Émanation divine par les îles éployées, apophyses de sèves ne se dérivant mais s'autorisant et s'enhardissant,
Par les effluences de l'alizé, pour assister les pérennes voiles de la moisson natale, enrichies par le vol des papillons,
Ourlées par la prodigalité des abeilles butineuses, tramant l'or des accomplissements sans vanités, tous aspiration.

« Extension des algues où les agréments affranchissent les appétences et les désirs dans la carène de nacelles de cristal,
Œuvrant dans leurs cales les émoluments de l'intuition ne se révélant transfuge mais mesure d'une constante perfection,
Franchissement portuaire de calices sans naufrage, saluant le futur en hissant leurs pavois lambrissés d'Éden. »

95

Visiteurs de la Voie et de ses armoiries, de ses puissances, dont les annexions fractales désignent et révèlent,
Ajustent, conjuguent et nantissent, le potentiel d'ardeur comme d'intention afin d'orienter et déployer le devenir,
Dans des dynamiques adventices ne se reniant, mais se maintenant en conservant leur identité intégrale.

« Reconnaissance prononcée, démarche des foules puisant dans leur cognition le vœu de naître et générer,
Au-delà des empyrées sauvages, des abîmes sans renommée, mortifiés, abandonnés aux décombres des vestiges,
Des halètements de la poussière et des avides perpétuations d'estivations aux gémissements stériles et délétères. »

Sagesse louée, ne se profanant dans l'aurore émerveillée où se dressent ses aventures prestigieuses et adulées,
Charroyant les haleines de ramilles épervières, identifiant et dépassant les contingences anémiées et contiguës,
Dans un ruissellement d'amour souverain distillant les senteurs de souvenirs ataviques aux sublimes coïncidences.

« Vivant cérémonial délaissant l'inertie pour appréhender et s'enrichir de la résonance tumultueuse,
Alliée d'un torrent diurne, évaluant l'opalescent littoral, pour élever la conscience par–delà les mystères,
Marbrer d'éloquence la juste propriété du déploiement illuminé par l'attitude comme la geste de ses correspondants. »

Épris au chemin de rives odorantes de sèves adamantes, tissant, le cœur palpitant, le chemin des flores,
Dessinant sur les glèbes, dans une pratique sans équinoxe, les fondations sans trêve, d'une ornementation,
Ravissant la beauté et ses nuances infinies, pour les odorer des fluviaux arômes des roseraies de l'existence.

« Survol des cils au frimas de l'hiver et ses neiges aériennes, ses prairies cristallines et ses cimes éplorées,
Vêtant les âmes de la nue de tenues consacrées assignant une gloire accessoire, surgissant des conquêtes sacrales,
Densité des esquifs ne se renouvelant, puis, sans contrainte, se fidélisant afin de fêter leur novice intégration. »

Victoire de la Voie dans ses ébruitements, ses limpides rengaines et ses symphonies diaphanes propagées,
Par-delà les crépuscules, vers les sentes solaires irradiées et affermies, où les stances parfois pondèrent une éclosion,
Devant les témoignages calligraphiés de suffrages endeuillés, de réputations anémiées, de corolles fanées.

« Tombes de voix sans oubli, aux tempétueuses discordances, aux cabotages déchus, aux injures opiacées,
De frises et de fresques organiques dissipées où les miels de saisons sont abris et niches pantelantes de dérisions,
D'infortunes, de méprises, et de rêves agglutinés au désespoir, s'épuisant dans des larmes amères proscrites par le Verbe. »

Comprises toutefois au regard des assauts frontaux de notables villégiatures, où l'autorité ne s'enlise,
Dans le suaire de la défectuosité, malgré la faillite de ses ordonnances et la déliquescence de ses pouvoirs,
Croissance de la mansuétude présente, tant de Chants dans leur alcôve s'ouvrant sur le pérenne séjour, tant et tant.

« Visite de la maturité où la vivacité ne fléchit, en souvenir de leurs pentes déclinées et de leurs ivoires incertains,
Facondes de l'inexpérience, servant l'expérience du jour, elle-même inexpérience du lendemain à germer,
Permettant, par vocation de la nécessité, une avancée impérieuse, par le tourbillon hâlant sa piste précieuse et sûre. »

Allée d'ambre et de grenat, Voie aux soieries merveilleuses éclairant les mondes et les étoiles en quantité,
De ramifications solidaires et puisatières, développant les épanchements multipliés des fruits de la Vie,
Pour éclairer la route de navigations procréant l'unité inviolable de toutes entités, par les exondes temporalités.

IV

Tandis qu'enseigne le Règne ...

Tandis qu'enseigne le règne parmi les multitudes
Les écrins qui voguent de vives et nobles attitudes
Pour étinceler les rivages glorieux qui ne se noient
Mais délaissent les nefs en bruines qui s'échoient
Pour mieux préserver l'essor et ses vastes écumes
    Où le feu cendré couve la partition des brumes
Qui doivent se dissoudre et laisser place à l'intime
Perfection, dont les élytres, fluides, assignent l'orbe
D'un parfum sublime désignant le cœur qui résorbe
Les latitudes sans devenir pour magnifier un foyer.

« Foyer des ors de la vertu et de ses agencements précieux où s'approchent des Circaètes aux coloris prestigieux,
Sentences des serments de l'Ouest par les Océans constellés et sûrs, où l'Occident ne faillit et s'arme de vive novation,
De plus culminante et de plus généreuse entreprise, afin d'ourler de fortes embellies et de frais propos les vigueurs nouvelles. »

Caution d'une voie ne s'estompant, mais se ralliant, couronnée et vivifiée par la préhension de la grandeur,
De l'honneur, du succès somptueux des Êtres par les cycles miraculés, ceux ne se contentant d'une espérance,
Mais engendrant par les sommets visités, les Îles accostées, dans une mélopée conquérante, un message solaire.

« Disposition des vêtures sacrées de l'expérience, déniant l'escarpement des drames et des intrépidités hâtives,
Développant ses mélodieuses harmonies par-delà les chaos et les frontispices sans gloire, fanés d'ombres faméliques,
Manifestations d'un sacrifice au respire oublieux se mesurant déperdition de l'étreinte splendide à naître et prospérer. »

Où se résignent, dans leurs monumentales conceptions, de regrettables offrandes au néant et leurs sursis affines,

Berges amères des âges écoulés à la rengaine sourde et peu amène, odorée par l'intempérance des actions passées,

De moires aisances aux sentes infécondes, toutes ravines sans racines et encore moins degrés de fertilisation cosmique.

« Roches lagunaires où ne se meut la conscience énergétique offrant aux pinacles divins sa pléiade marbrière,

Ensemencement de l'envol de la raison vers les transhumances et leur pérennité, profils de vifs assauts,

Désir des vagues amazones, des flots bruyants et signifiants, des flux et des reflux des laves, sans absence. »

Pâmoison de l'existence délaissant le statisme, découvrant les fêtes de la Vie impartiale et de leurs sapiences,

Où le rêve se révèle pour édifier le réel en ses notes vivifiantes semant à moisson les épures d'un lendemain à fleurir,

Comme une corolle, sous la palpitation du vent, croissant, de haute haleine, par les embruns et les houles sablières.

« Enfantant le règne bâtisseur, sans attente de l'émolument du songe, mais recherche d'une perfection sans prétention,

Aux calculs sans abstinence, nés d'esprits vifs, non enchaînés, instaurant la parturition de ses origines, afin de lever,

Par l'éloquence de leur vœu d'allégresse, l'oriflamme d'une puissance authentique à désirer, voir, et magnifier. »

Approche des apprentis des heures, conte de manœuvres, sursis des imaginations et des épreuves,
De la bravoure et de ses emplois, par les mâtures et les cacatois aériens, tissant, en force, la route d'une certitude,
Aux grenats renouvelés par les écoutilles des embarcations ivoirines, mûres des blés d'hiver et des orges de l'été précoce.

« Ramures où l'Aigle navigue toujours, pour en déployer, en son nom, leurs domaines interpellés et signifiants,
Libérer au-devant de leurs étraves fières les esquisses d'un regain bruinant à satiété des oasis et des limons sauvages,
Apparaissant par leurs nuées distantes, exquises et embrasées, l'exhalaison des siècles ourlée par leur victoire symbolique. »

Comme une voile confectionnée et ramifiée dans l'onde émérite de la nacre souveraine baignant de ses chœurs,
Les florales appartenances, pour les hisser sur la cime de la ferveur sans convoitise, du pouvoir sans condescendance,
Dans une armature correspondante, de pétales et de sépales épanchant d'aptitudes l'ode d'un cristallin devenir.

« Où la conjonction de l'œuvre ne se sursit, ne se désintègre ni ne se désespère, car viaduc de l'immortelle chevauchée,
Celle d'une genèse où naît et s'engage un développement non apparié au scellement d'une inclination,
Car don sacré, éclos par toute transcendance persévérée, statuant les cils azuréens dans un Olympe fertile secrétant une voie révélée. »

Enamoure de la pluie de l'aube aux opulences granitées, ravissement des bruissements et ondulations,
Des ailes de papillons et d'abeilles, affleurant la cognition dans une effervescence, une présence, une irradiation,
Escortes aux effluves chaleureuses, cheminement du voyageur natté, par leur moiteur, d'un baume de jouvence.

« Mage essence d'un discours, marqué par les quantités exondes des processions de l'existant, dressées en essaims,
Délibérant l'ouverture de tout front par-delà les étoiles majestueuses, conférant l'amélioration de la Vie en leurs écrins,
Au-delà des abysses, dans une sensibilité composant leurs ajustements de printemps en des règles acclimatées et sûres. »

Exigence et empressement d'actes raffinés, déclarés et proclamés par des témoignages forts aux actes réverbérés,
Ne se contristant du sort, mais, pleins d'idéal, voguant portuaire les vicissitudes des ambres et des flores,
Et des puisatières demeures sacralisant la perpétuation d'un sentier aux témérités circonscrites.

« Livre des formes et des agencements utiles, ébruités dans une symphonie de couleurs où les aubades éclairées,
Lentement, pénètrent la nature de la maîtrise, pour en armorier les bénéfices et les influences mystiques et irremplaçables,
Contemplation, dans la connaissance de leurs vœux de trajectoires pondérées, du Guerrier à la vision Olympienne, ascèse. »

Altière perception des ressacs vagissant par-delà les banquises les plus terribles, sous les vents violents et arides,
Dont le mystère implicite tétanise, précipite le sort, tant d'ovation son lai, ni méprisable, ni destituable, car Verbe,
Il s'expose par toutes surfaces reconnues et tumultueuses, comme préambule gratifiant toute croissance.

« Féconde d'un devenir, amendant sa devise dans une incomparable et native réalité, sans objection au regard de son organisation,
Irradiant de ses empyrées une construction régie, accomplie, permettant d'accéder au dessein du développement vivant,
Randonnée par les sentes et les vals, déplacement exaltant par les fleuves et les prairies, les torpeurs des frimas. »

Avance aristocratique, s'il en fut, aux élans ne se dérobant devant le souci de naître à l'excellence et ses propriétés,
Celles de la cristallisation permettant à toute créature de graviter et animer une dimension assainie,
Reconnaître l'insondable, éponyme de toute éloquence, sans abri, sans diadème, dans la lumière la plus distincte.

« Ainsi le chant généré, constitué, orienté, surgissant par les orbes temporels les confluences énergétiques,
Fluidifiant les stances de l'épanchement comme de l'épanouissement, aux fins d'assurer la permanence de l'Ordre,
Dans la diaphanéité seyante à sa sobriété, mobile orchestrale de la structure de son ensemble magistral et composé. »

Dessein des rus où des latitudes ouvragées par les sphères se côtoient, se protègent, se parfondent et prospèrent,
La félicité des degrés d'une plénitude, dévotion et richesse graduelle des impulsions enfantées se prédisposant,
Délivrance symphonique dans l'épître majeure constellant les seuils de l'Éternité et de leurs sérails déployés.

« Facettes aux luisances intemporelles, illuminant d'un regard de feu, les saisons d'un perfectible avenir,
Arbitre des verbes, où s'unissent les énergies pour interpréter, correspondre et participer leur charge exaltante,
Dans une hardiesse et une intrépidité sans failles, délaissant la futilité, bien souvent se forçant, afin de s'accroire dominante. »

Condition de l'épopée impartiale ne se démettant de ses officiantes clartés devant le néant et ses tumultes,
Le chaos et ses époques évidées cernées par l'absence et l'incontrôlable, où, miasmes fugaces et atones,
Vont leurs aliments de déchaînements de tempêtes sans gloire ni victoire sur la représentation de la présence manifestée.

« Prescience sans jugement vêtant ses bannières, érigeant ses étendards afin de vaincre leur agonie aux stériles langueurs,
Leurs maximes incertaines et leurs corrélations avides soutenant et acheminant les contractions temporelles,
Brisées par la gaîté de ce jour fulgurant où ne s'achèvent mais se mènent les ouvrages dans un renouvellement perpétuel. »

Afin de planifier l'affinité de leurs termes, par les façades nimbées de ciel, exquise frugalité d'ornements,
Assigner la pluralité de leurs marges précieuses et solidaires, s'ouvrant sur la nature même de l'inventive splendeur,
Ne se consumant ni ne s'idolâtrant, évaluer les sujets en leurs ruches construites, pour en attraire le parfait.

« Dans une hermétique beauté, miroir revoyant le sourire esquissé d'une arborescence magique et suave,
Éclair de la pensée élaborée aux élégantes ambitions de maïeutiques proclamées, enthousiastes d'une élaboration,
Dessinant dans l'arc secret des cœurs la palpitation inébranlable d'une réalisation conforme à l'élévation souveraine. »

Concaténation sublime précipitant la nuit afin d'éclairer les cils des phares de la pérennité des aubes talentueuses,
Vivants, par-delà les édulcorations des lames, la houle d'un frontispice, vigilance d'écrins par toute démarche,
Dispositions contre lesquelles rien ni personne ne peuvent nuire, car de tant de lieux le lieu de l'agencement le plus signifiant.

« Hâlant le prestigieux message de l'élévation de toutes faces par toutes faces, en toutes berges par toute maturation,
Pénétrant les chrysalides mûres pour les advenir à la lucidité des affluents où les gouvernances ne s'immobilisent,
L'Esprit fécondant où il veut, douve de ciselure énergétique, par les âges comme par les espaces lumineux où sombres. »

Fugue aux châsses des basiliques de granit et des soleils émondés, arômes de rêves aux senteurs encensées,
Où les cataractes enhardissent des chrysalides épervières et des roseraies aux ardentes formulations,
Mémoires antiques et à venir par les sapiences des rescrits abreuvés d'élytres et de quatrains aux échos fluviaux.

« Mantisse du marbre aux ourlets de veines cabrées de soupçons d'algues et de galets, ne s'estompant sous la véhémence des vents,
La densité de bourrasques échues se recomposant indéfiniment pour conjoindre les libres arbitres des causes,
Et des déploiements, où ses fanions comme ses effusions engendrent l'association de toutes danses azurées. »

Quiétude des épistolaires retenues, des contemplatives langueurs, des charges accomplies, sans hâte,
Fougues effeuillées absolvant la luminosité natale d'un embellissement, ne se fourvoyant dans l'écho des ténèbres,
Où s'en viennent butiner les rondes domestiques et gréées des enfants rois répercutant leur joie dans le cosmos enivré.

« Ordonnance des lisses affirmations conjointes, unies par la saisie de tout firmament, leur compréhension,
Clameur dans le silence de la pluie d'hiver roulant ses consonances en dehors des ères des sillons de la préciosité,
Mûrissant la fortification d'un l'alcôve, où, désinence de l'émotion, affleure la cristalline prolixité d'un vœu. »

Il y a là des jardins sibyllins, des havres de savoir ne se dissipant mais inclinant à la fermeté pour les œuvres retardées,
Où se divulguent, légèrement des frissons de magnificence, attendant la moisson d'or d'une réalisation,
Parfumant de leurs esquisses le devenir et ses mélopées glorieuses où une ligue exhale son aristocrate détermination.

« Miel éthéré d'une sentence dévoilant aux afflictions méconnaissant l'attente du gréement des mâtures découvertes,
Une fête leur permettant de se convertir au futur, à son but, où, mouvantes, se précipitent dans le zénith ébloui,
Ses ivres ramures aux mélodieuses incantations façonnant les univers et leurs expansions par les rives de la Vie. »

Tutélaire efficience allant d'esquifs en esquifs, hâtant le paysage clair au-delà des naufrages, des abandons,
Et des envoûtements, pour les ouvrir au sens du site Impérial, flamboiement de l'épopée de son chœur par la Voie,
Manne des architectonies veillant son heureux dénouement par les heures et leurs flots tumultueux et sûrs.

« Antienne emperlant, de ses adamantes vivacités, le seuil de la constellation d'audaces prestigieuses et formelles,
Frugalité et allégresse, développant les organiques partages et sevrages, dans une rime forte née d'un souffle épique,
Renouveau scandé par des refrains et des odes embrasant les sphères, sœurs essaimées aux millions d'étoiles. »

Irisation du Verbe et de son prestige, tutelle sans faiblesse, germe des vastes prouesses délicates du vivant,
Dans un rayonnement considéré, une pulsion motrice admise, une effloraison naturelle, correspondant,
Une vigilance concordante, où le répons se commet, se participe, dans une tenue sacrale, veille de toute villégiature.

« À l'éloquence de l'authenticité, dans ses rets les plus humbles comme les plus somptueux, dans une affine renommée,
Dévoilant dans un sacre altier, les conséquences sans abri, mêlant l'illimité et l'instant dans un havre serein,
Duquel surgit l'autorité idéale, loyalement s'organisant dans ses graduations, substance idéelle d'un État. »

Nuptialité de constructions ébauchées, gréées et fertilisées par les semis des fenaisons se disséminant floraisons,
Par les rayons éthérés, les pampres officiés, que le couronnement ne délite, ni ne désintègre, pas même ne félicite,
Afin d'établir l'existence d'une âme multicolore, portique d'une évolutive conscience se dressant par l'azur souverain.

« Lointaine de tout abandon, fructifiant par les rivages gravés de félicité, la ferveur du vent confronté aux engouements,
De la Terre, du Ciel, de l'Eau, éléments de la multitude exonde, tous en lice d'une causalité nantie,
Croisant, dans la brume comme dans l'horizon le plus limpide, sur les Océans intrépides, afin d'en advenir les délectables nuances. »

Aux glèbes archaïques, par les originelles sentes,
portant leur tendre élan où les distinctions
s'aplanissent,
Dans la radiation même de l'infinie divination
spectrale conférée, enhardie, d'une maturité
glorieuse,
Initiée par une conquête fabuleuse, précipitant le
souffle dans une allégorie de fluviales
circonstances.

« Exhalaisons de layons, senteurs de rus, allant les
limites de la native apparition des réflexions écloses
pour manifester,
Des vertus le dessein se profilant dans le regard
messager du temps, dans ses flamboyances, ses
ornementations,
Ses gravures, ses fresques, ses formulations et ses
radiations distinctes, dispos des armes de la
prescience. »

Corps de l'astre aux opérandes nacrés d'ivoire et de
jade, de porphyre et de diadèmes génésiaques, d'or
et de quartz,
Où s'inscrivent les actes, les entendements les plus
nobles et les phrases les plus harmoniques
fulgurant l'Esprit,
Dans une ascèse plénière, lieu de la forge d'une
ovation fraternelle, par toutes faces rempart contre
l'oubli et ses ravines.

« Dans la prolifération des ans échus, des jours et
des nuits ciselés de divisions calligraphiées,
noviciale solidarité,
S'accordant aux confidences de la parousie pour
organiser les flux et les reflux de la sécularité
étreinte,
Admise et constituée par les motifs de l'existence,
ouvrant leurs yeux vers les cieux pour les atteindre
et les prospérer. »

Circonscrire l'abîme dans le néant puis, d'un pas salvateur, dans le dépassement, s'unir à leur nitescence,
Dans une attraction palpitante, où se répliquent, prémisses, des voix s'additionnant, se soustrayant, se multipliant,
Dans un orphéon s'élevant à la somptuosité, marquant de ses échos ne se confinant, le surgissement de leurs intentions.

« Allant, puisatières, par-delà les ans comme les espaces, exprimer la déité par toutes les vacations enfiévrées,
Et propulser la vêture permettant d'en signifier la présence incarnée, dans une nef mystique et souveraine,
Transcendée par la Sagesse ramifiant aux arcanes les plus hermétiques des ministères d'eurythmies éclairées. »

Naviguant au-delà des mirages et des tercets abrupts, des grossières satiétés, par-delà les villes vides et dénuées de langage,
Pour honorer le cœur dans ses pulsations altières, perfections des cieux de ces univers où des vagissements,
S'illuminent et prennent possession de la beauté pour l'immortaliser dans la splendeur de la Voie, loin des apparences.

« Ces gisements endeuillés des ivresses infatuées, dispersées, annonce de la mesure de la pérenne demeure,
Inscrite par le chant, dans des appropriations aux ramures lumineuses où s'écoulent les larmes d'un sursis,
Blizzard monocorde aux tressaillements d'automnes, apparition dans le cercle des valeurs, consumant l'amertume. »

Car secours de l'âme où ne s'enlisent mais s'approprient les fucus, aux danses honorées et supérieures, de la vie adamante,
De propice atour, affranchissant les mannes des chairs et des consciences pour les enivrer par la nue amplifiée,
Dissertée par des Oiseaux aux plumes d'or, chamarrées d'onyx, ramifiant leur vol par les airs limpides.

« Effluve de navigations talismaniques et merveilleuses, adage d'une plénitude évoquée, éployée,
Pour fertiliser par des strophes élevées, bâtisseuses, la parution de moments de bravoures irisant un parcours,
Stimulant l'agir dans des orientations opportunes, ouvertes sur le large avenir et ses horizons de moisson. »

Où toutes phrases, en leurs chants, se coïncident dans une créative et pénétrante compréhension des cycles,
Vers lesquels, complices, énamoure de la pluralité des signes appartenus, elles se tournent pour s'orienter,
Et se coordonner, comme des notes sur la portée des vents, comme des vagues dans le roulis des Océans.

« Majeure étincelle du firmament, astreinte de plus belles barques aux Îles pacifiques, quintessences de la tempérance,
Où la cohésion, l'assurance, l'opiniâtreté, ne tarissent devant le devoir constructif, synchronie de l'astre,
Resplendissent de sa tonicité l'ouvrage configuré se défaisant de l'informe pour éclore une cristalline parure. »

Éponyme euphorie, maintenant l'innocence au-delà des pressentiments, pour forger une fulgurante dynastie,
Où en majesté, s'interprètent et se vêtent les consonances des alluvions et les frémissements d'une prodigalité,
Estime par le creuset des temples, soucieux de l'opérande aventureux, hâlant ses accords et ses rythmes.

« Alliance des forces visitées, interpénétrées, ne se consumant mais vivifiant l'étendue des cristallisations,
Pour catalyser dans l'aube vagissante et bruissant de mille et mille conditions, leur péréquation en leurs subdivisions,
Là, ici, plus loin, détaillant les prismes des fractales fortunes épanchées, déjà opérant leur jonction dans une fusion. »

Effusion des oriflammes de toutes faces temporelles aux promontoires libérés, grées et aiguillés vers la plénitude,
Dans des étreintes et des appariements, dans de libres résolutions relevant le défi de la cueillette vivante et de ses ensemencements,
Pâmoison se nourrissant de la maïeutique indispensable à leur élévation, les dégageant de toute fatalité.

« Couronnement, offertoire des âges conversés, développant la gloire du créé par toutes ramifications,
Comme un baume dressant ses étendards sur toutes glaises ouvragées, ciselées, prononçant les écumes des Océans,
Là, ici, plus loin, par les myriades étoilées, sèves d'amazones comparutions enchantant les temporalités. »

Où un Verbe familier, aux orées des forêts essaimées, délibère dans l'entrelacs de fertiles renommées,
Festives célébrations de la libération des flots invités, fructifiant de leur empreinte les itinéraires en nombre,
À alimenter, ébruiter et attribuer, dans une logique ne circonscrivant les termes dans d'oublieux proverbes.

« Témoignages messagers aux fruits menés par des foyers précipités par les cyclones, les orages, la masse des éléments,
Dans ce feu sacré illuminant la destinée qui ne s'attend, ne s'oblige, ne se proroge, mais dans l'éventail des avals,
Se mesure et se déploie dans des domaines recherchés où s'insèrent des ovations comme des acclamations. »

Toutes passionnées de sentes parcourues, de roches gravies et vaincues, perdurant de téméraires acclimatations,
Fixant dans leurs latitudes les honneurs ne se défaisant de la trame des abysses, mais allant, vertigineux,
Vers les cimes éblouissantes où s'animent les vols de circaètes, dans un brasier palpitant les eaux comme les terres.

« Écrins de faunes attitudes meublées de racines aux tremplins prestigieux concourant à la formalisation unitaire,
Prescience de leurs correspondances attachées à la délivrance d'œuvres ne s'amenuisant, ni ne se délitant,
Car constitutives de la perception des hymnes dans l'ivresse de l'onde portuaire où se lèvent les archipels du matin. »

Natives de l'onde et de sycomores allégeances, fulgurations des modalités de l'abondance, lointaine des dénuements,
Celle au murmure léger, aux théories évoluées, se spécifiant et s'orientant pour, mantisses, s'ordonner amplitude,
Fêter dans le chœur des heures le lustre d'une édification proclamant de sublimes agrégations consacrées.

« Stances au levant de citadelles échues de la bruine opalescente, où les frimas ne sont plus que souvenirs,
Des opiacés enfantés, reniés, de cils délétères amenuisés, se réfugiant dans les creusets de portiques amers,
Naguère encore, en cet instant, déchus devant la progression de l'immortelle randonnée convolée et épousée. »

Transport des plus puisatiers où sans spéculation s'inculque une gravitation perfectible, présence annoncée,
Par le ferment des rêveries officiées, ne s'opacifiant, mais engendrant l'excellence de la beauté et de ses odes,
Dessein des épopées où s'enrôlent, catalyses de toute préhension, les propos aux contenances magistrales.

« Décelant le gestalt, lever son drapeau pour accentuer le sort d'ambre, dans une histoire fantastique,
Génération et régénération par-delà les métalloïdes les plus précieux, de la Vie, par la Vie, en la Vie, dans une transe,
Alléguant une stabilité, une détermination sans failles, se projetant dans l'action la plus constructive. »

Ce jour d'été, par les routes visitées, affirmation d'un rassemblement pour notifier les lendemains à naître,
Vaste narration aux armatures mobiles dirigées vers la ligne des ténèbres afin de l'isoler, la sérier, puis l'abstraire,
Enfin lui substituer les parousies de l'harmonie, dans ses concaténations comme ses ordonnances sublimes.

« Où s'en viennent là des entreprises majeures de factions incendiées par les soleils enfiévrés sur l'horizon,
Pour éclaircir la parturition de toutes origines, légères ou ouatées, tempétueuses ou discordantes, mesures de leurs complaintes,
Assister, dans la blondeur du satin des rubis et du quartz, leur germination alchimique, d'un pâturage d'esprit natif. »

Colombe chamarrée de lys offertoires reconnaissant des sonorités les narrations conceptuelles et manifestées,
Conquérant leur agencement comme leur organisation, entraînant l'exigence d'une concordance de sources vitales,
Les unes les autres dévoilant leurs caractères, dans une appréciation affirmée où le seul langage se confirme de raison.

« Joute par les prairies et les crêtes enneigées, les rutilances des lacs aux semis ornementés de tutélaires munificences,
Où, exonde, la vertu, dans la révélation d'un sourire, s'élève pour saluer le faste, défaire le désorganisé et ses aspérités,
Hisser une enseigne de victoire par toutes strates civilisées, composées, admises, intégrées, et épanouies. »

Fascicule d'un règne aux épistolaires confrontations, désignant, impartial, la substance vénérable,
Inscrite dans la représentation quantique, inondant de ses ondes les nervures et les membranes lumineuses,
De l'Éternité, bruissant de couronnements comme d'ascensions son sérail novateur, voguant un dessein serein.

« Douce brise par les matures, dans le silence comme dans le clapotis, des embarcations serties de diadèmes originaux,
Érigeant la destinée dans l'équation suprême de la Déité, où se convoquent les devoirs d'une saison fluviale,
Maturation même de la liberté céleste, souche des créatures vêtues par la prononciation adulée de ce vœu. »

Glose des anciens serments, fidélité à l'Olympe des multitudes sans troubles acclamant la féerie novatrice,
Ornementant d'une découverte armoriée, celle de l'Éternité en laquelle s'accomplissent, dans une acuité accrue,
Et l'entreprise et l'intention du fatum par toutes entités irisées et motivées partageant leur fleuve de félicité.

« Adage de la puissance sanctifiée, s'éprouvant et s'élançant vers les apogées les plus signifiants pour marquer son aire,

Constamment de la perfection, dans la pluviosité comme dans l'aridité, marbrer par ses élytres les vigueurs sans abandon,

S'ébrouant, mobile, au large pour imposer le sens de l'aventure désirée, submersion, destiner l'existence à l'exfoliation. »

Méticuleuse douve arborée de fraîche haleine aux forges de l'apparat sollicitant sa mélodie à toute pérennité,

Où des mondes se révèlent, les uns en gloire, les autres en pauvre charge, les uns éclos, les autres en prémisses de fleuraison,

Toutes portes saillies par l'infini, cherchant et trouvant en fonction de leur perception le soutien d'une affine autorité.

« Renommée des algues sous la nue, aux avancées splendides ne se délitant mais se concaténant pour s'offrir ardeur,
D'un opérande aux suites scintillantes, flamboyant la demeure du généré de contenus somptueux et magnifiés,
Ceux qui font l'Être et par les Êtres la foliation dans son annonciation, son prestige, sa grandeur et son honneur victorieux. »

Par les grèves enseignées, cadence des mâtures des barques et des esquifs agencés, panoplie d'une ligue commune,
Où les usages et coutumes se précipitent pour visiter les brumes nocturnes, leurs intempérances et leurs désinences,
Afin de les advenir à la transparence, rayonnement souverain d'une appréciable étoffe au sûr et calme écrin.

« Ivoire aux degrés des palais avisés dans un atour glorifié, présence et action ne s'ajournant ni ne se fustigeant,
Croissance de la créativité par toutes faces, en toutes faces, dressant les capacités majeures et symboliques,
Considération de fidèles incarnations, dérivées de haute haleine, vectrices d'une épithéliale construction. »

Allant par-delà les austères lagunes, les bosquets touffus et tourbillonnants sous les neiges ancestrales, toujours plus loin,
Des essences insouciantes étiolées de camaïeux amers et de conflits sans avenirs aux inintelligences maladives,
Inquiètes et stériles, encore plus loin de ces masures sans imagination ne fertilisant que le désert et ses ramures incertaines.

« Porter la préciosité modelée par-delà les apparences, pour hisser le levant à son zénith et son achèvement,
Palpitation des cœurs regardant leurs alacrités salutaires, innervant au-delà des circonstances passagères,
Le sol puisatier de leur légitime appartenance à l'Harmonie impériale les conduisant à une entreprise éminente. »

Comparution des ordres notifiés, orientant et advenant leur légitimité par tous portiques stimulés et liés,
Par les endurances ne se retardant mais se développant pour mener tout individu vers l'Autre, dans une innocence,
Nantissant l'Espace comme le Temps d'un florilège de vertu, empreinte d'une mémorable course sans afflictions.

« Où le vent dans ses embruns lave le visage du démuni pour l'ourler d'un frais parfum, celui de la viduité et de son œuvre,
Sans délaissement devant les tempêtes de poussières votives, s'il veut dans son assemblage solidaire accroître le solstice,
Accentuer et assainir le limon de ses fragilités, agir en leurs degrés, dans une démonstration obérant toutes scories. »

Se dresser dans un chant conquérant parlant de la beauté et de la luminosité, par-delà les espérances et leurs coutumes,
Ériger et imposer, l'exacte ascension ne se flouant ni ne persistant dans des subordinations équivoques et troubles,
Épancher dans la victoire toutes glèbes, pour en abonder, dans sa résolution, la conscience signifiante.

« Apothéose de la vacation des Océans aux sommets, où le sage évoque un présent, fulgure son message, nacre sa pureté,
Pour en affirmer les vitales corrélations menant vers le chemin de l'ultime transcendance, œuvrée par l'Imaginal,
Ne s'immolant mais éclairant la naissance comme la renaissance de toute forme à la devise participe et créatrice. »

V

Libres vagues de profonde maturation ...

Libres vagues de profonde maturation qui éclipse
Les ramures aux racines avariées où des éclisses
Ombrent de leur parterre les baumes de l'aventure
Qui s'invente, se partage et s'adresse en parure
Pour offrir au vivant les prestigieuses éloquences
Qui animent le potentiel d'éveiller toute conscience,
Et mener ainsi vers la concrétisation phénoménale
Qui voit s'imposer le souffle rayonnant et sacral,
Par les marbres d'or dont toutes Vies sont vestales.

Mais voici, en approche, vestales, les élytres du règne, marchant sur les gradins officiés par la somptuosité,
Délivrant des psaumes pour ornementer des fresques natives où se concatènent et se parfondent des ébauches,
Pour d'un feu, jaillir l'éponyme livrée de galaxies harmonieuses, où le songe, sur toutes sphères, devient vie.

« Noumène d'extatiques gravures dans la temporalité, éployant un Chœur s'efforçant exposition par toutes rives,
Prismatique aisance aux diluviens sortilèges mus d'essentielle vertu, préparant la pensée à la saison nouvelle,
L'orientant par les clairs auspices dans une ascèse la préparant à l'excellence de l'abondance de ses exhalaisons. »

Se transposant connaissance dans le vertige de l'exploration de toutes configurations, par toutes conformations,
Dans la puissance d'un cheminement de toute luminosité, par les abîmes comme par les cimes dans un embrasement,
Où le quartz ne se travestit, mais vibre la mélodie d'un bonheur déterminant toute formalisation vivifiante.

« Invocation de l'onde en son respire et ses devises,
éloquence d'une nuptialité au cérémonial
majestueux,
Voyant les aires combler le vide, par des Peuples
réverbérant la sagesse d'un essaim et d'une forge
ardente,
Celle de la transcendance retrouvant, au-delà de la
contemplation et de son statisme, son potentiel de
génération. »

Dans un sacre, par l'aquilon aux téguments des
terres où conversent et déjà s'entendent des
parements,
Pour interpénétrer ses florales sobriétés, marques
sublimes de ses entités fécondes, écoulant le grenat
du silence,
Dans les fosses de l'oubli pour graviter en résonance
les identités novatrices foulant le sol de sa
proximité.

« Tonal appariement à la Voie, dans la fondation du
développement et de ses splendeurs dont la maîtrise
approche,
Du Ponant au Couchant, les intimes idéaux
épanouis de serments, d'adages, de décrets et de
lois magistrales,
Fondant sa cristallisation, ses proportions et ses
variations limpides, dirigeant l'envol constructible
d'une réalisation. »

Douve des agir sertis par la multitude à la
complémentaire attitude ne reniant l'ouvrage,
chacun en ses tresses,
Affirmant sa vaillance, le dépassement de sa
puisatière satisfaction, pour s'ouvrir à la perfection
d'être,
Vaste plénitude témoignée, où se fractionne par les
mille et mille routes d'une joie partagée un sourire
divin.

« Initiation de l'onde en son parcours, dans ses rets et ses rives odorantes d'ambre et de lumière, où les Sages des alcôves,
Guident le périple de moissons, et par-delà, leurs fenaisons, génèrent les demeures de libre appartenance,
À l'existence, dans ses fêtes à Midi, par ses Temples aux écrits frappants, de leurs singulières combinaisons, les Âmes de cet instant. »

Couronnement des intelligences planant au-dessus des eaux, engendré par la vacation exubérante des ordres en semis,
Aspirant à une destinée sans drame, dans une officiante grandeur ne renonçant mais opérant par toutes latitudes,
Afin d'offrir à la création ses lagunes diaprées de diamantaires effluves, dans lesquelles se baignent les enfants de l'avenir.

« Miroir de la conscience croisant vers l'infini, dans des forces nouvelles vivifiées d'ornementations stellaires,
Découvrant graduellement les paraboles nécessaires pour œuvrer, dans un dynamisme solennel, le transport du vivant,
Dont le langage découle, dans ses mansuétudes, ses paroles, ses apophtegmes, une cohorte moirée d'imagination fertile. »

Préparée, approuvée, à la réalisation du sens dans ses conséquences comme ses affinités, allant le vif éblouissement,
Des féeries de l'aube et du crépuscule, pour animer le zénith aux azurs étonnants, où l'onde échoie ses caresses,
Pour advenir la pluralité des âges à la prépondérance des verbes, à la reconnaissance des chants.

« Où des proverbes, expriment, et fidélisent la providence au rayonnement de la présence magnifiée de l'orbe,
Souverain rubis des arborescences pénétrées d'une intimation supérieure, comblant la vacance des incertitudes,
Émanation des sillons, gravissant les niveaux les plus escarpés par les vallées les plus surannées comme les plus enténébrées. »

Dans une ténacité ne se distrayant, ne s'admonestant devant les flux et les reflux des vagues et des houles,
Où les discours s'apostrophent, tant d'allégresse le symbole de sa formalité, où les frises enseignent et délibèrent,
La convenance, par toutes faces hâlant l'accueil de l'Esprit statuant, sans impatience, le mérite d'un embrun natif.

« Où le marbre est parfum, le jade porphyre de déclarations illuminant de purs cristaux la parousie,
Guide, sans sursis des rimes, où, définition, la suavité de son royaume louange, constelle, avive, sacre,
Une munificence, sans masques ni lieux dérobés afin d'offrir et animer un hymne dans ses passementeries. »

Vœu dans ce sérail, aux interprétations adventices, paraissant le prisme de la génération afin de professer sa parure,
Procréée et omnipotente, mature de la confiance, état des principes fleurissant les plus beaux domaines,
Participatifs des organes les plus nobles, libérant par les sphères le message de la beauté, de la gloire, et de l'équilibre.

« Surprenant, visiteuses d'apparences et de formes, les gemmes capables de s'élever vers le faîte de la nue et de ses ivoires,
Où se tiennent les aréopages les plus denses de l'intelligence, survenant des fleuves aux moiteurs éclairées,
Dont la perception encense, de ses arc-en-ciels cérémonieux, la navigation dans des essors perfectibles. »

Par-delà les mystifications arides, les terroirs châtiés par l'avidité, les sombres forêts aux arcanes de poussière,
Par-delà les clameurs et les plaintes bruissant l'incapacité, cette veulerie souillant de ses bruines les prairies fécondes,
Par-delà les manifestations sans vigueurs, les engagements rares où les équipages abstraits sont de fantomatiques érosions.

« Requête de soustraction opérée par les Sages et les Mages, au regard de l'élévation les liant, instituant potentiel chaque individu,
Lui permettant de se retrouver au-delà des lames amères et perfides, des glaises délétères et des sables mouvants et cruels,
Où les lieux se conjuguent, lorsque l'individué ne se confirme mais se replie dans les ors crépusculaires de la matérialité la plus abrupte. »

142

Danse des gréements des antiques postures, engendrant la ruine de toutes intensités par les temporalités,
Percevant le butut vide d'expérience s'avancer dans un cérémoniel ectoplasmique procédant à l'infortune de la gloire,
Tout de vanité perclus, les os livides, le cœur sec, la chair défaite, émondé et rejeté par les forces du cosmos.

« Car dans la clairvoyance, adages de leurs aptitudes et de leurs propriétés, mesure de capacités évolutives,
Délaissant à dessein les germes opiacés de dérives constantes qui se dissolvent, devant l'ineffable nécessité,
Prescription dans l'Ordre Spirituel du déclin des augures fâcheux, ne pouvant être lorsqu'ils ne sont Êtres.

Conséquence sacrée ne se déniant ni ne se soumettant aux moires aisances accentuant leur lacis de désertification,
Par des contractions cardinales impuissantes à réverbérer le soleil dans son ruissellement énergétique,
Rubis de la préhension de chaque postérité se gravitant perfection par la préhension d'un parcours signifiant.

« Levier annihilant les témérités conjointes conduites avec brutalité par de barbares officiances dans le vide du néant,
Cette rive étreinte par le statisme conditionné, agréée par le mensonge en prosternation devant l'oubli et la fatuité,
Fosses communes gémissant les facilités vécues aux grossières parures dont les facultés ne seront jamais moelles de sagesse. »

Nefs empoisonnées terrassées par la vigilance, laminées par les rets les plus aristocratiques, afin d'ouvrir,
Les mondes à leur parturition expressive et civilisatrice, celle de la luminosité de vibrante énergie,
Parant chaque créature éveillée pour l'accomplir, dans une sanctification propice, à la naissance de toute force créative.

« Carguant les voiles de ses fiers vaisseaux vers de salvateurs horizons, dans une orientation fulgurant l'Éternité,
Voyant leurs étraves légères glisser sur les Océans les plus somptueux comme les plus tragiques, pour acclimater toute nature,
Constamment éprouvée, trépaner l'âme endeuillée de mystères et de théurgies, pour la révéler à sa pure éloquence. »

Navigation d'îles aux nombres infinis par les règnes initiés, agencés, associés, réformés, devisant leur langage,
Pour l'orner de talismaniques essors, édictés, idéalisés, dans une communion se lavant dans le frisson des écumes,
Afin d'accéder au fier écrin de la Nécessité, veille d'un florilège aux scintillements parés d'une maîtrise espérée.

« Pour conjoindre d'émotives configurations, laves par la nue, aux sablières renommées, aux principes Templiers,
Les comprendre, les caractériser et en signifier les distinctions aux vêtures chamarrées, ruisselant leurs degrés,
Afin de les libérer des limbes anémiés, de leur conte simiesque, marques dissoutes par les embruns de l'astre immaculé. »

Cernant ces venins, pour permettre de hisser le Vivant sur les humus ouvragés de liesses et de préciosités,
Par-delà les rivages enlisés, dans ces faîtes où l'intelligence identifie l'unité de ses états et de ses forces,
Lui conférant le potentiel d'une transcendance magistrale lui permettant d'interagir graduellement sur son environnement.

« Conjugaison des œuvres ne se satisfaisant de la médiocrité, mais allant au-delà de cette maïeutique servile,
Vers le ciel et son exaltation suprême où se retrouvent les esprits flottant au-dessus des eaux comme des terres,
Pour affiner la direction coïncidant la sacralité dans ses combinaisons comme ses instances éblouissantes. »

Ici se gardent les résolutions et leurs armoiries noient les ténèbres, les destituent de leur trône usurpé,
Et leurs armes sont la gloire annonçant la victoire dans ses embellies, ses courages et ses apogées fastueux,
Où le Verbe saillit, telle une flèche décochée par un arc, la puissance vitale affirmant sa ténacité sur toutes faces régnées.

« Mouvement par les épanchements des rayonnements irradiant le tumulte des heures échues,
Soulevant les abysses pour les conduire à la cime de l'allégresse et de ses zéniths votifs que rien ne peut terrasser,
Car de l'ouvrage la masse prééminente, formalisée, adaptée, concaténée par des opportunités de grâce et de prestige. »

146

Par des prières assemblées, par des antiennes
enchantées, par de mélodieuses impressions
fécondées,
Par tous pacages aux blés mûrs et bruyants, tressés
d'harmonieuse destinée ne se dissolvant mais
s'évertuant,
Afin de glorifier les lieux comme les temps d'une
permanence sûre et acclimatée, issue d'une
rémanence formelle et supérieure.

« Teneur de haut vol par les latitudes ombrées et
ensoleillées, les nuageuses désinences des mérites
élagués,
Statufiés, déjà racines dans la pérenne exigence ne
s'isolant mais s'ouvrant à la pure éloquence de
l'élévation,
Celle de la Vie dans ses engagements, celle du
généré dans ses gestes et ses expansions où brille
par les univers, la Voie. »

De mille tisons, de mille ambres et de mille feux
diamantaires où se reflète la perle de l'azur, ce
moment essentiel,
Où se rencontrent la transcendance et l'immanence,
lieu explicite où l'imaginal naît dans la pluviosité de
la nacre et de ses atours,
Le firmament dans des perspectives abondantes et
lumineuses, où l'onyx nourrit une visitation
expérimentée.

« Monade interagissant des alchimies secrètes
préparant la levée du voile sur le dessein et ses
acclimatations,
Arborant le fanion de la Déité en toute forme comme
en toute chose extériorisée et intériorisée d'où
procède la vision,
Celle élémentaire, initiant à l'illimité, dans ses
composantes et ses domaines les plus humbles
comme les plus vigoureux. »

Libre arôme des roseraies poudroyant de leurs effluves l'incommensurable, sans peine, menant vers le cristal et son émoi,
Où se tiennent des nacelles légères, augurant dans une prestigieuse suavité, la nature de toute autorité convenue,
Eurythmie éternelle aux partitions fidèles, où l'amour pénètre des sanctuaires qui ne se dénient ni ne se renient.

« Exquise préhension des armatures tissées de rêves et de pensées triomphantes se confrontant à la réalité,
Dans une alacrité dont les veilleurs créent les arceaux, les couleurs et les somptuosités comme des arcs-en-ciel,
Pour dialoguer leur usage, les inscrire et honorer le couronnement de leur emprise irisant des portiques insondables. »

Dans le devoir sacré, sans renoncement, complétant
la stature de l'immortelle randonnée des voix
ébruitées,
Unies, solidifiées, dissoutes, renaissantes aux
mémoires ataviques, afin d'en édulcorer les
infortunes,
En révéler la dignité déversée, intarissable et
devisée, pour armorier la splendeur de ses écumes
assainies.

« Développant des pluies d'éden et des sérails aux
cristaux limpides, écoulant des baumes de
divinations,
Conjuguées, sillonnées, par-delà toutes limites
consenties, eut égard à leur vocation majeure en
l'énergétique,
Soufflant où il veut l'elzévir de la faculté professée
par toute injonction consacrée, par les quantités les
plus improbables. »

Là, ici, dans les chaumes les plus miséreux, par les
palais les plus rutilants, transportant la Foi
inébranlable en l'Éternité,
Une Éternité vigilante et adéquate, une Éternité que
chacun doit rejoindre par la prouesse et la promesse
de ses actes,
Dans un dépassement avivant la nature profonde en
laquelle il est inclus, pour en reconnaître la parure
de pure majesté.

« Littoral battu par les vents et les tempêtes, aux grèves solaires et enneigées, péripéties des orbes inventifs,
Rescapés des recherches les plus signifiantes, dressant le manifesté dans un élan fertile sur la demeure désignée,
Où l'Esprit collabore dans les possibilités de l'Âme comme du Corps, resplendit l'acclimatation de l'Unité. »

Ferment de toute novation comme de toute culmination aux esquisses naissantes, éployées comme des vols d'aigles,
Par les collines les plus élevées comme les prairies les plus douces, les forêts les plus riches, les fleuves puisatiers,
Les Mers et les Océans les plus pugnaces nourrissants les glèbes les plus attisées et les plus somptueuses créées.

« Dessein des Êtres par les champs de la Vie, forgés et animés par la moisson de la plus vive consistance, nutrition des cœurs,
Délibérant ses origines par les rus et les fleuves, les valons et les cimes où les appels ne se délaissent dans la désolation,
Les palpitations de la faim, les contemplatives désertions, les permanences informelles, les lâchetés désœuvrées. »

Toutes appétences inscrites et défaites par la démarche engendrée, ne se satisfaisant de l'abîme et de ses dérives,
Par les créatures elles-mêmes en leurs surfaces, où la nécessité organise l'élévation et non l'affliction, dans une action,
Anéantissant et abrogeant toutes vagues de l'immobilisme ainsi que ses résurgences, pour naître un sacre unitaire.

« Épithéliale synchronicité aux flux entrelacés de sentences, de lois et d'usages permettant de perdurer,
Par-delà les lamentations, les atonies, les maladives descriptions incarnées par le désespoir, afin d'en exfolier les termes,
D'en déchiffrer les doutes et les motivations triviales, et par là même les défaire de tout pouvoir de corruption. »

Enfantement de noble assistance délitant les dysfonctions, les advenant dans le creuset même de la temporalité,
Pour les ouvrir à la nécessité et ainsi les voir se dénuder de leurs abîmes pour rejoindre la cime de l'autorité bienveillante,
Mobile de toute œuvre, où tout un chacun est admis et participe dans la consécration même de sa dynamique ascension.

« Jaillissement de souffles emperlés croisant vers les astres les plus féconds, les sommets majestueux et concordants,
Les effeuillements fulgurants de frissons l'homogénéité et ses détails ourlés de fraîche haleine, de douce certitude,
Que l'ouvrage des persévérances atteste dans une exhaustivité permanente sous les rets d'empires aux idéaux croisés. »

Fluviales protections des passementeries ivoirines où chantent des calices et de noviciales coopérations exondes et claires,
Où des romances sourdent, dans le silence de la nuit, l'éclosion des flamboiements d'un regard, d'une palpitation, d'une sérénité,
Brillant le zénith du Levant, où la pérennité ne se dissout sous l'éclair de la colère des cieux et des eaux, mais se dresse.

« Pour parfaire son immortelle chevauchée, son rayonnement, loin des vacuités et de leurs traités sans allégorie,
Prononçant le sort apparié, levant ses oriflammes victorieuses sur toutes apparences conquises et révélées,
Nombre multiplié où les foyers d'étoiles embellies se content et où les vertiges prédestinent les soifs de l'avenir. »

Sous le contrôle de leurs royaumes, sources des citadelles établies, ramifiées et magnifiées, fastes de la nue,
Là, ici, plus loin, dans le lointain souvenir des peines et des larmes, pour ne plus apparaître que le sourire flottant,
Stellaire, la diaphane allégresse de projets en échos, magnanimes de principes où l'innocence se parfait et témoigne.

« Par les éminences antédiluviennes du corail, ruisselant d'eaux vives la conformation d'un État accompli,
Panache des étoffes des marbres altiers nuptialisant la fécondation, par-delà les rêves et les songes, d'un éblouissant rivage,
Cri de joies et de paroles ardentes, semences de pluviosités sacrées où les vents se portent pour offrir un lendemain azuré. »

Devise des odes aux énonciations parfaites effleurant la courbe des herbages, des vallons et des chênaies glorieux,
Par les pâturages aux labours sereins, où le blé mûr survient l'affluence des nourritures portées par les équipages en lice,
Sur un lac de fluide abondance, sursis des heures casuelles, désertant la famélique errance et ses sentences.

« Douve cristalline des abris les plus suaves où ne s'envase le serment de vivre ni même d'espérer par les cycles,
Mais progresse dans le limon des âges pour offrir au vivant la parure somptuaire des agréments et des félicités,
Dans un festoiement sans bruine, que l'ouvrage réalise, où les astéroïdes concatènent toutes rives afin de les révéler. »

Ardeur des matins vifs, où la fraîcheur stimule l'appétit de plus vastes actions à entreprendre pour atteindre l'empyrée,
Son auguste présence stipendiant les véhicules oublieux, délibérant les manœuvres habiles et prépondérantes,
Guidant le levain de sa prononciation pour établir dans un allocutaire maintien les mantisses appropriées de son règne élevé.

« Coordination des altitudes raffinées et déterminées par les fières saisons des terres parcourues, ensemencées,
Passant du Printemps à l'Été, puis de l'Automne à l'Hiver, pour nantir de la fermeté les Êtres villégiaturant en leur sein,
Dans une tâche ininterrompue grâce à la ronde des procréations et de leurs fresques éprises ne se dissociant dans l'écume. »

Gravures affermies, sans raison des matières enlisées ou superfétatoires, délaissant leurs prismes pour se lever,
Vertu cardinale d'un étincelant diadème, commémoration de la Vie par toutes sentes comme par toutes voies,
Dont les ramilles sont sépales et pétales de l'ordonnance déclarée prêtrise de toute ornementation.

« Orbe où les fortunes confluent les glacis de la brume évanouie, laissant place à la splendide gravité,
D'un engagement dans la formalité d'exhalaisons où les blondeurs sont octroies de toute naissance comme renaissance,
Apparition par les flux et les reflux marquant de leurs empreintes les hymnes portant toutes générations. »

Couronnement où les gloires ne s'opacifient, mais dans l'arc-en-ciel de leurs coloris déclarent la cristalline loquacité,
Et de l'Éther et de ses préceptes, dans les plus belles extases, abreuvées de conjugale appartenance, inspirées,
Par une connaissance ne se délaissant mais se reconduisant afin de notifier leurs inclinations par la proue navigante.

« Corolle des épistolaires confrontations galvanisées, ne se fardant d'inquiétudes, bâtissant les degrés opalescents,
Aux intervalles participes de dons, florissant l'écume d'une délivrance prédite par toutes postures éveillées,
Apprentissages de l'acuité mettant en relief les coordonnées d'une attitude noble transfigurée par toute persévérance. »

Où épure de l'injonction sans sursis, se révèle et s'amplifie, la prédestination, alimentant toutes renommées,
Aux fins d'advenir en son sein la clarté établie de l'infini, protégeant le devoir créatif d'ailes ne pouvant se briser,
Sur les radiations de dysfonctions, toutes voies profanes devant leur garde, ne se commettant ni ne se destinant.

« Floral sortilège aux épanchements admirables ne se circonscrivant mais se généralisant, où les visitations achevées,
Mais aussi les finalités exhaustives, ne renient leurs fascinations induites, mais en acceptent les armatures écrues,
En adoptent les architectonies transportant les prononciations de l'Énergie, guide de toute volition ordonnée et sublimée. »

Cathédrale de l'espérance croisant la nue solidaire où les arcanes se pressent pour arbitrer, par-delà les apparences,
Les seuils à partager, concaténer, prospérer, confier au pur agir, s'établissant dans l'illimité qui ne se consume,
Car somptuosité, aux graduelles éloquences délimitant les pentes et les crêtes à parcourir pour s'approprier leur abondance.

« Sans circonspection scrutatrice, dans une franchise rendant le perceptible accessible, sans fioriture ni esquisses malhabiles,
Où l'acclimatation ne se contemple mais agit, car source d'une vitalité irradiant une illumination souveraine,
Constellant toute formalisation dans une nef appropriée où se métamorphose une compréhension majeure. »

Invitation, lointaine des ondulations conceptuelles, aux gravifiques et telluriques prescriptions témoignées,
Imposant au présent un devenir conséquent, ignorant la virtualité et ses lignées, les signifiés et non le signifiant,
Dont le développement dénie les visées statiques et délétères, les albâtres défaits, les préoccupations avides et arides.

« Éclaircie où s'en viennent, lustres, les cohortes,
par le rubis des glaises et des ors lagunaires, pour
garantir une vie sans détour,
Consentant à chaque créature le droit de se dresser
vers l'horizon et d'édifier la solsticiale aventure de
son œuvre passante,
Unique et générée dans le creuset de la vitalité,
élocution de l'essaim des épopées qui se tressent et
se ravissent. »

Conjonctions témoignées où les détails
s'accommodent et orientent la probité de chaque
origine du créé,
L'attraient immersion dans la direction à la fois du
temps et de l'espace, et au-delà, dans une certitude
sans ambivalence,
Où se décèle la gloire précieuse de la Divinité altière,
car garantie d'un bienfait cristallisant l'éternité de
l'azur.

« Offrande à la pluralité chevauchant les frises des
océans et des mers séculaires, les passagères
dimensions,
Composées, hissées vers la pérennité par la grâce
des assiduités combinées confluant les envolées
comme les principes,
Et les perspectives émérites de l'exfoliation,
délaissant les doutes et leur précarité à leurs
excursions sans lendemain. »

Pulsation indispensable des distinctions s'élançant vers l'illimité, s'adaptant et se décantant dans l'Unité souveraine,
Foliation de la quantité animée, ne s'effondrant, sa consistance soutenant l'oriflamme épanouie de toute viduité,
Magistrale par toutes voûtes des étoiles, cristallisant de beauté les demeures réfléchissant sa pure désinence.

« Lueur où le message ne s'éplore mais cueille dans une maïeutique visitée, la raison même de sa maturation,
Incendiant les limpidités éthérées, où s'extériorisent les prestiges à naître où l'élévation ne ploie, mais prospère et croît,
Dans un enseignement irradiant et les ébauches achevées comme inachevées, afin de les amener à la réalité. »

Où se distingue, leur potentiel de transcendance leur permettant de joindre l'immanence et s'y incorporer,
Sève des matinales arborescences, murmure d'écheveaux, termes d'objectifs situés et apprêtés, aguerris
Fécondant le sillon d'une plénitude imperturbable, réfléchie, consciente, signifiante, s'incorporant en son chemin sacral.

« Car rescrit et inscrit dans la rive naturelle évoquée et invoquée par la fécondité dans ses respires et ses pulsations vitales,
Responsable et tuteur de son éloquence comme de ses lendemains échus, où s'imprègnent et s'abreuvent,
Les cristallisations de la subtilité, et les envoûtements de la sagacité, où les forces se catapultent. »

Par-delà la vision consacrée, tenue par l'arbitraire de la matière, nécessité informelle advenant une cécité obstinée,
Que seule la perspicacité des cils, examen de l'abstraction comme de son essence, dévoile en deçà de toute chronicité,
Initiant l'existence du terme des apparences, ce seuil surgissant par-delà les contingences l'intelligible tremplin du Cœur.

« Monarque impassible, enfantant le réel et ses harmonies, éclairant et délibérant le feu dans une parure,
Ne s'inondant de la virtualité et de ses brouillards vagis de tromperies diurnes ou nocturnes, toujours virtuelles,
Intronisant le sens de l'Absolu indivis, dont chaque Être est l'agent signifiant, s'il ne se désunit de son éclat. »

Ainsi, aux berges élégantes mues par les sphères les plus natives comme les plus achevées, hissant le site impérial,
Dans un flamboiement conférant et ornementant tous semis de l'existence dans des coordinations aux constructions fabuleuses,
Menant chaque théorisation en ses appropriations, à l'ouverture, dans une jubilation des plus intime et perfectible.

« Toutes voix fortune de cette narration contant par–delà la gravitation du silence, l'essence d'une éternelle veille,
En attente, affectant, suivant les indications de la capacité, les modalités d'une victoire parfaite par les astres,
Assurant la densité d'une pérenne écriture par les chants d'Or les plus denses finalisant leur ascension à tout firmament. »

Loin des opiacées telluriques aux inventions désincorporant sa certitude pour l'anémier en la divisant,
Et se perpétuer dans les limons les plus infertiles, les falaises les plus décrépites, les marais les plus putrides et visqueux,
Où languissent les perles d'un séjour, comme appâts divers et funestes, dans des tempêtes noctambules.

« Manifestations ne se monopolisant au seuil du parcours et de ses rayonnements, identifiant les opacités,
Pour les inscrire dans la pierre brute, en délaver les scories, les scarifications, les amertumes et les brouillards,
Pour en surgir dans un effort ciselé, l'intuition d'une apophyse rayonnant l'Énergie inaltérable de l'immensité. »

Œuvre dans l'œuvre n'altérant la randonnée, voyant les mémoires ataviques délaisser leurs représentations,
Pour ne plus se perdre dans les plaintes et les peines, mais s'ouvrir à la raison de l'imaginal, s'affermir,
En ses notes affines où la mélodie, par la création de ses mesures, éclaire la portée de toute créativité magnifiée.

« Architectonie sans failles où les vêtures objectives s'harmonisent dans des sources de porphyres de jades et d'améthystes,
D'onyx soutenus par des bois d'ébène, où se rallient les prêtrises des cycles pour cerner la splendeur prononcée,
Gréée dans une alcôve au sérail illuminé, désignant ses maturations afin de couronner sa lumière et ses principes. »

Iris de fleuves argentés par les éclaircies de soleils invincibles où se tiennent l'abîme et la cime, le diadème et la tombe,
Dont le dépassement caractéristique met en œuvre une glorieuse prestation, par-delà le lieu comme le temps,
Bruissant le germe d'une réalité pour se déployer dans l'hyménée hermétique de floralies aux ondulations stellaires.

« Interpellation et convocation par la pureté, où s'estompent le fracas des houles et la violence des écumes,
Aux chevauchements maîtrisés, permettant de rejoindre au-delà de leurs limbes, l'infini et ses multiples états,
Où, majestueuses, s'exposent et se diffusent, se situent et s'ajustent les marches révélées de la Conscience. »

Là, ici, plus loin, toujours plus loin, franchissant les limites astrales pour se propulser au-delà du vertige du néant,
Dans une ardeur et une fougue élevées brillant leurs incarnats d'une tempérance développant la marque supérieure,
De ses champs d'action, où les textures s'assemblent, s'unifient et vocalisent l'Éternité, pour en révéler l'horizon.

VI

Émotion dans le Chœur ...

Émotion dans le chœur fertile des dimensions,
Prospérées et revêtues d'ivres consécrations,
Ne devant se statufier ni se méprendre destin,
Mais s'accomplir signe par les essaims,
La force de l'Océan, la fenaison de toute terre,
La moisson des vents altiers, le feu de l'éther,
Ordonnance d'une volition souveraine éclairée
Marchant vers l'horizon des sources exondées,
Délibérant la cristallisation de l'œuvre insulaire.

« Onde éclose d'une Œuvre insulaire où les commettants s'apprêtent, en leurs armures fidèles, s'emparent du rescrit,
Hâlant leur pensée légère vers le layon puisatier des éclipses nocturnes pour nantir leurs citadelles d'un zénith inspiré,
Où ne se soumettent ni ne se brisent les libres axiomes de la connaissance et s'épanchent les passementeries de l'infini. »

Ivoire des Hespérides aux jardins secrets, où les vestales accomplies délibèrent leur moment sublime découvert,
Comme un arôme par les sols dévisagés, et d'autres, étrangers et dignes, et d'autres encore surannés et glorieux,
Tel un éventail numéraire où un pouvoir assouvit assigne ses quatrains, pour rafraîchir leurs tumultes dévoilés sur son aire.

« Course de navires gréés aux cales ardentes, semées de grains et de fourrage, enrichies de livres et d'escales,
Invitant, par la nacre de leurs agencements, le sel de l'espérance dans un préau d'ambroisie, où se tiennent les capitaineries,
Saluant leur navigation stellaire ne se lovant mais s'offrant, par-delà toute congruité, au paysage de la Divinité. »

Prémisse ourlée de frais propos par les repos
mérités et sûrs exaltant les pétales des Mystères
antiques,
De vendanges légères, au grand grenier de la Vie ne
s'essoufflant, mais se distinguant suivant l'onde des
blés mûrs,
Affine présence, ondoyée dans un éparpillement de
joie et de beauté, d'une saison originale par tous
sites éveillés.

« Instance des parures et des tenues des semences,
d'ornements fractals aux élans favorisant un parfait
hommage,
Où vibrent des parfums aux scintillements de
flamboyances votives, où s'établissent et se
régissent,
Les usages, afin d'user le silence et le remplir de la
parole des Sages et des Mages, répons des essors
raisonnés. »

Il y a là comme des soleils impétueux, soulevant la
poussière du vide pour en examiner les
escarpements,
Les ondoyer d'une sentence inédite à voir et
prospérer, celle de l'autorité dans ses dévotions, ses
flammes, sa fermeté,
Danse, dans l'écho des rives, des amazones blondes
au sourire sans équivoque resplendissant les
lendemains à naître.

« D'esquifs et de mâtures aux brisants dressés de
roches en roches, les uns lumineux, les autres
opaques,
Où la vertu mobile ne s'indéfinie mais se prépare
pour élaborer les calmes latitudes d'une
consécration,
Aspirant à la Voie, par les chemins ne se
neutralisant dans de vaines consonances, mais
dans des clartés intrépides. »

Haute vague connectée à la féerie des âmes, pour en conjuguer les vigueurs aux pampres impériales inachevées,
Les voir aduler le contour de voyages où, précepte, se chronique la transformation de toutes demeures vitales,
Ne se sacrifiant dans les limbes mais s'ouvrant à la nomination de toute domaniale magnificence pour se signifier sens.

« Dans la méticulosité d'une organisation en expansion, détermination sans failles des exactes ascensions,
Favorisant les vitales harmonies succédant, dans la capacité, aux torpeurs et leurs ramifications sans couleurs,
Où s'enlisent les scories les plus avides, les plus trompeuses, les plus malheureuses et les plus préjudiciables. »

Orientations de malhabiles domaines aux arches vêtues de prêtrises absentes, aux conséquences fâcheuses,
De vœux passés, fresques de mobilités les plus excentriques comme les moins couronnées, assaillant le verbe,
Pour intensifier dans la poussière leur délire cruel, leur barbarie intime, reflets modulaires de leur étreinte bestiale.

« Écume se répercutant dans le limon des sols affairés par la moisissure, où la tourbe vagit une ornementation,
En grave la désinence pour en déférer les défectuosités et les ramilles détrônées, lies de la matrice délétère,
Conditions que nul existant ne doit arborer afin d'en clarifier le ravissement, antinomique de l'Éternité exaltante. »

Bruissement de cils oublieux ne voyant pas plus loin que les semis des grainetiers aux abondances usurpées,
Êtres sans racines, sans espoirs et sans limites baillant dans la nue les aigreurs de leurs dissolutions amères,
Où le jour ne fructifie ses chariots d'or, eu égard à sa maturité détrônant leurs lambris vermoulus aux venelles poisseuses.

« Où l'aristocrate appartenance ne s'ourdit, ne se néglige, ne se parjure, car serment de l'aube, évacuant l'ombre,
De ces embellies mortelles aux exigences opiacées, embourbées dans le sommeil le plus grave, celui de l'infidélité consommée,
Dont les équipages armoriés taisent le sort dans leurs escales accentuées, afin de le remplacer par un chant vertueux. »

Logique ascendante d'un sérail, d'opales légères aux adventices candeurs encensées, instituant plutôt que désirant,
Dans une fierté cosmique, la puissance du don et de ses originaux aboutissements, clarifiant de ses marques transcendées,
Les pavois aux multicolores entrelacements hissés par les multitudes au désir ne coïncidant pas toujours une raison supérieure.

« Factions de pluralités que l'hymne habile et soucieux d'un répons par toute nature délivrée, exons des anomies,
Pour initier au-delà de trêves combinées et assemblées, une ferveur ne se pliant devant le naufrage,
Mais exécutant dans une eurythmie souveraine les calligraphies nécessaires pour s'inscrire dans la fondation de sphères agencées. »

Où prairial s'avancent, se perpétuent, et s'idéalisent les modalités conjointes d'une régularité comme d'une sécularité majeure,
Celle de l'éblouissant rivage tressant sur ses plages les ramures sacrales menant tout un chacun vers la divinité,
Dans une ébauche habile où ne se notifient la malice et la cruelle dérive de la mort et de ses appels imprudents et insipides.

« Ainsi par toutes houles se répand et s'autorise la prononciation de la génération élevant le discours au-delà des moires aisances,
Le présidant et l'attisant dans la prescience d'un intarissable essor mouvant toute équipée par les sites visités,
Dans une spontanéité non édulcorée, ne se sursoyant mais manœuvrant afin de se défaire des ambres adverses et contraires. »

Participe de la perfection aux branches distinctes et complémentaires aux cœurs majestueux et enchantés,
Voguant, comme des cristaux aux lumières impassibles, vers des composantes aux phares étoilés,
Aux enrichissements moléculaires, nitescence biologique de tout manifesté à parfaire par l'intelligence prépondérante.

« Surgissante, cadence des stances irisées par la pluviosité granitée, élaborant de la pierre brute le diamant vivace,
Fertile, suivant les injonctions avérées de l'ascension aux fins de cristalliser son attraction dans toute forme vivante,
Legs éternel et sublime par toutes faces, en toutes faces, illuminant la vision impérissable de clartés d'azur. »

Où le langage ne tarit mais à l'opposé s'idéalise, se relativise, se débat, dispose et se prospère dans la maturité,
Des œuvres fortifiées où des décors de graminées échoient des vigueurs fidèles, effusions généreuses et soucieuses,
De la multitude des mondes et de leurs déambulations ébruitant, par tout horizon, des odes résolues.

« Conscience stupéfiante aux épisodes nombreux, resplendissant dans la compréhension de ses expositions,
Un acquis sans délitement, réverbérant une plénitude permettant d'ouvrir des itinéraires d'ambroisies,
À l'unité, l'individualité, la quantité, le généré, les uns les autres miroirs sans ombre de latitudes monarques. »

Mélopées aux notes de gemmes fauves, témoignant de leur adresse comme de leur éducation pour augurer un sortilège,
Canalisant la navigation des prétentions dans une régularité sans faiblesses, registre d'un refrain dont les orphéons,
Reprennent, au-delà des invocations du merveilleux, les apprentissages mélodieux assurant un épanouissement harmonieux.

« Rompant les amarres des visions et des songes, pour fertiliser des cargaisons hâlant aux Îles sous le vent la préhension du destin,
Désigner les interdépendances garantes de multiplications et en aucun cas d'additions, se conjoignant,
Aux fins d'introniser dans une festive alacrité, par les cieux moirés, les sources émergentes d'affrètements sereins. »

Ainsi par ce souffle visité où des chrysalides constellées brillent par le néant, l'obèrent et le charment pour mieux le faire reculer,
Invitent son germe à s'ennoblir, se consacrer et enfanter une saison novatrice sanctifiant des routes de blés mûrs,
Que les blondeurs nourrissent, aux marges d'obsidienne et d'opales, du miel de l'abeille les correspondants.

« Création, aux frises incarnées, aux lagunes éclairées, aux deltas sinueux, par les levants comme les couchants reconnus,
Par les sonorités graves des vents hâtifs, des vents sereins, traversant dans un vol gracieux, l'aire construite,
Accomplie par la nécessité ne se liant afin d'agir, loin des désordres et des saillies, à l'image des Circaètes glorieux. »

176

Qu'une douceur exquise miroite de trêves alanguies,
de fraîcheurs aquatiques où plongent des sirènes au
regard de feu,
Méditant, impassibles sous des arbres multicolores,
frères de sèves, les haubans nattés exprimant la joie
profonde,
De leurs voiles safranées de soieries aux ors votifs
célébrant le renouveau d'une renaissance légitime
invitée.

« Où s'épanche la faune dans la flore infinie des
glaïeuls et des œillets, des doux iris enjoint des lys,
perfections,
Aux promontoires des empires où s'élève le pas du
créé affermi par le flot épithélial de conditions
altières,
Fêtes des autorités que les gouvernances
développent, transforment, bâtissent, de fluviales
portances. »

Confluent des essences relaxant les terres de leurs pampres ancestrales, afin de les renouveler cristallines,
Forteresses portant des oriflammes où le serment ne se tait, ni ne s'oublie, mais s'ouvre sur le pérenne foyer des alizés,
Où pleut le soleil, miroitant les algues de gemmes constructives aux pigmentations diaphanes et claires.

« Posément, atteignant l'itinéraire de la florale interdépendance, aspiration achevée d'une certitude opérante,
Éloquence des milieux engendrés et des créatures instruites par leurs champs où se révèle, administrateur,
L'esprit concordant, sans allégeances par les douves des cités unies, où la grandeur éponyme la pluralité des jouvences. »

Ordonnance de vif rayonnement, intime prouesse des avenirs à foison, sans négligence, sans reniement,
Car participes de la nef, roseraie des Temples à midi, conscrite par l'inoubliable parchemin de la raison solidaire,
Respectée et se faisant respecter des représentations ornementées, les unes admirables, les autres conséquentes.

« Hier farandoles de symphonies diachroniques amplifiées chevauchant de désertiques essors, des écrins sans noblesse,
Ce jour, tendues vers la maturité de l'équilibre et de ses brasiers, dans une pesanteur exhaustive, tout d'être et non de paraître,
Symbole de la majesté à l'attitude humble, croisant par-delà les trames des espaces comme des temps, vers l'immensité. »

Corolle de la pluralité des moissons aux fenaisons constellées clamant la vivacité d'un sillon où l'onde absolue,
Déclarante et constituée, devient novation, capture des floralies les plus profanes, comme les plus exigeantes,
Pour armorier, jusqu'à la définition complète, la tempérance de la puissance, dans une nuptiale détermination.

« Âme des prairies où germent les boisements des vents, fresques éveillées aux transes de majeures préemptions,
Amplitudes souveraines éduquant les natives efflorescences vagissantes de la forge profonde de toute création,
Bâtissant sans corruption ni dénigrement l'armature resplendissante du chœur des enlacements cosmiques. »

Annonçant leur couronnement par-delà les léthargies aux crispations infernales, déroute de l'unité,
Que le règne ne consomme, ses déambulations, délibérant une autre fortune rassemblant dans ses pléiades de sûres abnégations,
Afin de hisser, au-delà des moires aisances, des raisonnements hier funèbres, ces jours naissants à la probité et l'exemplarité.

« Et la nue en rayonne les sourires, et la vie en secourt les soupirs, dans des rayonnements nantis de prestigieux préceptes,
Ne s'immolant ni ne se lassant, mais fécondant par-delà les us et coutumes, le devenir dans une authenticité,
Où les Êtres engendrent, félicitent, couvent une pluviosité solaire, et se gardent des nocturnes avanies. »

Agencement d'essaims fleurissant des passementeries où les ondes mélodieuses et favorables
Fulgurent la temporalité, libèrent ses parcours et leurs anses où se modélise le dépassement de tout déploiement,
Acquérant dans ses formalisations situationnelles le potentiel gravifique d'une émergence dirigeant vers le pouvoir.

« Dans le sens élémentaire de la certitude de la réalisation visuelle et interprétée, pratique de l'excellence,
Dans laquelle, immergé, le savoir se révèle, s'affûte et se défait des esquisses comme des évidences casuelles,
Pour reconnaître et contribuer à l'abondance de la Voie dans ses ampleurs architectoniques éclairant le généré. »

Par des sources aux écumes bouillonnant des pensées ciselées, levant de parures aguerries où les élytres,
Ne s'évanouissent devant les orbes sans respire, sans exigence, les essences comme les substances sans luminosité,
Mais affermissent leur séjour pour l'exprimer dans la clarté des univers, unis par la ferveur de l'autorité bienveillante.

« Déployée au-dessus des eaux pour charrier non seulement l'espérance, mais l'harmonieuse latitude essaimée,
Concrétisation affirmée, dans des volutes aux brûlantes perceptions comme aux intenses créativités,
Toutes portes ouvertes et pénétrées par les flux de la masse cosmique découverte, foisonnant la densité de ses vœux. »

Instance aux manifestes détaillés, aux impératifs
remarquables, naissant, sans soumission, une
subdivision,
Par les domaines exposés, d'alliances loyales où des
gravures, aux ressemblances mariales, assignent
une permanence,
Où divinatoires, ses emblèmes voguent dans la
raison supérieure, l'Imaginal, pour l'enfanter dans
l'infini.

« Précieuse maturation de l'existence, glorieuse
possession de vagues tumultueuses inscrites et
circonscrites,
Dans des constantes, des dissonances, des fougues
et des déclins aussi, des arborescences abordant
toutes pentes,
Dans une stoïque abnégation, pour leur permettre
dans une direction pacifique, une ascension
fulgurante. »

Arc-en-ciel de la féerie de l'agir s'ébrouant du
statisme inconditionnel, bien plus, nourrissant le
chant,
Dans des tourbillons lambrissés où des odes
concises et agencées annoncent par-delà les
hymnes,
Un dépassement, manœuvré par une génération
alerte et avisée conjointe d'une vigilance à toute
épreuve.

« Épanchement de vestales chronicités affleurant les
dimensions temporelles, dans des vents aux effluves
ardents,
Forces passantes, brasiers de l'intime étreinte de la
connaissance prescrivant un potentiel d'élévation et
non de déclin,
Observé par les Sages, régulé par les Mages,
adventices des Guerriers gardiens des ambres
protecteurs. »

Devins des nacres éphémères et des quartz
impérissables aux joyaux contemplés,
resplendissant,
Une démarche où la surconscience établit les
ciselures de portiques immenses aux supérieures
navigations,
Ourlant les demeures conçues témoignant d'un
opérande agréé, celui de l'Unité majeure étincelant
de festif honneur.

« Conservation du signe de la parfaite communion
comme de la splendide détermination de l'Officiant
souverain,
Représentation de l'enlacement domanial, de Dieu
l'immuable rencontre, agrégation et filiation, désigné
en Christ,
Dont l'œuvre sans absence modélise toute cause de
la postérité d'une axiomatisation dévouée aux
Vivants. »

Semeur d'étoiles

Soutien des âmes nuptiales et de leurs fortunes, camaïeux dans le firmament où se tient, agit et s'oriente,
La compassion, ferment de toute composition, évacuant les drames, leur calvaire comme leur bestiaire,
Leur tyrannique sénescence idolâtre, pour les assignifier, les contraindre et les faire disparaître du levant apparu.

« Veille des alizés où se répandent, s'animent et se fertilisent les roseraies des lys, appartenances à la consécration,
Irisant les densités partagées convergeant son inénarrable parure d'un marbre subtil, opalin et allégorique,
Enseignant l'illumination dans les plus noires ténèbres aux fins d'y générer un chemin ébloui par leurs obscures partitions. »

Les ouvrir à la cohésion par-delà les nuageuses perceptions enfiévrées, semblant vouloir les solidifier dans l'oubli,
La peine, au-delà de toute communion, dans de moires aisances invitées par des coordinations désabusées,
Régies par l'involution où des talismans, ternis par la congruité, déversent par toutes aires de corruption, leurs brillants.

184

« Affines des sorts les plus contraires, des ordres les plus belliqueux, des arrogances les plus tumultueuses,
Vacations des plus stupides comme des plus mal vécues, opiacées à l'orgueil démesuré, stérilisant toute délivrance,
Tout accomplissement, rets de nuées dont il suffit d'en révéler les sources pour en clore les forces hégémoniques. »

Circonscrites par l'épure de la nue inscrivant ses arrêtés, par-delà leurs injonctions motrices ressemblant,
À des citadelles semblant imprenables, détruites par la simple palpitation d'un cœur suffisant à en défaire les dispositions,
Une palpitation gracieuse ne tenant ni de la vanité, ni de la fatuité, mais simplement du présent le plus inestimable, le don sacral.

« Aux cris entendus, ébruitement, aux phrases répétées, ascension, aux plaintes des antiennes, coordination,
Parmi les nombres ne sachant trouver la plénitude, où se garde le lieu du zénith sans parjure, croisant leurs éclats,
Afin de leur offrir un solstice grandiose, comme un baume sur des blessures hâtives, fictives et crépusculaires. »

Émanciper leur parcours, où les foules déployées s'étoffent de récoltes plus perspicaces ourlées de multiples possibilités,
Manifester en chacun de leurs écrins le désir de s'évader des gravités infécondes, des autorités superfétatoires,
Joindre leur perfection, par une audace, indispensable aux fins d'en parvenir les douves, où se baigne la densité ardente.

« Témoignage des libelles formels d'histoires nouvelles à croître par les rives effeuillées, dressés sur tout horizon,
Où les essors s'associent, se concatènent et se révèlent dans la pluralité exonde convenant à la divinité,
Que tout un chacun, adage de son alacrité, délibère, saisit et pèse en ses potentialités, œuvre en ses capacités. »

Dessein de flots élevés, par la prescience des vents, enhardis devant la présence de glèbes désertiques à ensemencer,
Générer dans une consomption où s'en viennent boire les créatures, hier aveuglées, ce jour se révélant à la beauté,
Dans un cycle conquérant, dressant ses oriflammes pour affronter l'inconnu dans une immortelle randonnée.

« Où les coryphées ramifient, par leur chœur anachorète, la mesure d'associations solaires, que le ciel atteste,
Libre raison des orbes où les lianes s'éclosent pour glorifier les strophes de la mélopée de l'œuvre sans absence,
Puisatière de mille enchantements aux prononciations élevant vers l'éther créé les fragrances de serments adulés. »

Corolles épithéliales aux fastes aventureux, dans une conviction éponyme ne s'immobilisant mais se coordonnant,
Délicatement s'assagissant, s'affermissant et convoquant leurs frais verbiages aux coralliennes effervescences de la pluie,
Lavant le miroir des ondes pour s'en approprier les délitements et les escarper dans les collines du savoir et de ses regains.

« Ivoire de prismatiques substances où de radieuses germinations, d'alcôves en alcôves, se divulguent, se coordonnent,
Pour chamarrer le silence, ondoyer la sagesse et conforter la noble exposition de vivre par les sèves adamantes,
Conjuguées et perpétuées par le sacre d'une prouesse de potentielle épopée, acclamée en ses floralies par le généré. »

Manne aux ruches proliférées, répercutant ses florilèges dans l'infini, témoignant et assistant toute révélation,
Éveillée dans le temple, hâlant déserts et friches, demandant d'une communion certifiée un avenir limpide,
Pour s'associer à la consonance du vœu que l'offrande libère et décrète vertu nécessaire à la parturition des mondes.

« Dans le don et non l'adulation, intime parousie de la Voie placide et lucide, hissant ses volutes par-delà les pentes,
Préciosité incarnée désignant toute aventure de la vie dans une autorité discrétionnaire œuvrant toute création,
Clameur délibérée de l'Esprit planant au-dessus des eaux de fantastiques épreuves menant vers la réalité transcendée. »

Aux adventices présages, les enthousiastes sevrages, les graduations prospérées dans leurs magnificences,
Les raffinements invités, se conjuguant à l'impulsion de l'Empyrée dont la prononciation révèle la rive conjointe,
Celle permettant à chaque étreinte de s'élever dans la volonté, sans allégeance grandir et s'attraire dans la pérennité.

« Vague altière aux complémentaires majestés indiquant les rus de la manifestation majeure, ne se réfugiant,
Mais, compréhension de l'attitude de l'unité, s'ouvrant sur le sens commun de toute irradiation comme de toute élévation,
Propagées et non occultées ou contemplées, car agies par les racines unifiées d'assemblées multipliées. »

Où l'un est multiple et le multiple Un, indivise
couronnement des cognitions se révélant à la
surconscience,
Pour en orienter l'éclat et prospérer la luminosité,
imperturbable, exposant les ramures des
agencements ultimes,
Propres à chaque créature, se devant de les
reconnaître afin d'affluer son intime réunion avec
toute Création.

« Précepte élémentaire croisant, téméraire par-delà
les nuageuses et vaporeuses sensations, pour venir
la grâce novatrice,
Profondeur d'un zèle embrasant l'adaptation de tout
un chacun, en son affirmation, à la mobilité dans
une loyale attitude,
Envers l'éternelle existence aux rivages, sillonnés
dans une pulsation souveraine, par les Océans
comme les Mers divinisés. »

Où l'unification des réalisations ne se sursoit mais s'engoue de symphoniques partitions dont les orbes fidélisent,
La parfaite acclamation des odes égrenées par toutes sentes sans troubles, par la nature immense et féconde,
Voguant avec promptitude l'onde sublime, celle de la pérennité et de ses ors lagunaires, où se tiennent les Sages veilleurs.

« Corolle des ascensions brillant de leurs tempéraments les tresses de l'harmonieuse exégèse, et des âges,
Et des cœurs, et des espaces glorieux, et des accessoires conjugaisons idéalisées, se fortifiant et se déployant,
Pour persévérer et conduire, de berges en rives, la réformable demeure convenant à l'ornementation fractale. »

Dont des étendards professent et perdurent la novation par toutes routes diaphanes et stellaires jusqu'aux limbes sacrés,
Fresques visibles et invisibles, aux marges circonscrites et ténues, où des sérails volontaires attendent,
Leur efflorescence, par-delà les résidus amers et infertiles de l'inconstance, de l'oubli, de l'accroire et ses dérives.

« Douves d'inquiétudes et d'humeurs frivoles aux remparts fragiles s'estompant devant le rayonnement aristocratique,
Incendiant de sa lumière leurs exactes prolixités et stipulations opiacées, afin d'en fertiliser les sols, les apparier,
À une pluviosité granitée, coordonnant leurs parures essentielles au levant d'un horizon hier encore obscurci et stérile. »

Renom des plaintes et prières scandées, aux protocoles dressés révélant et libérant le Verbe dans un hymne,
Où la manifestation se multiplie transport en engendrant l'universelle richesse de son ambre, là, ici, plus loin,
Dévoilant les mystères parés de nuées et de sortilèges effeuillés, pour en défaire les rives sans gloire dans une victoire assumée.

« Une victoire ne s'emperlant de rêveries et de fêtes à midi, mais advenant, par son inaltérable vacation, le vivant,
Aux frondaisons de lacs émerveillés, aux éclisses les plus exfoliées, d'atolls au levant aux anses sillonnées,
Par la multitude des mondes, officiant par l'intermédiaire de pampres essaimés, le conte d'un printemps précoce. »

Exigence de rémanences affluant dans une liberté conquise le reflet d'empathies immaculées, sensibles à la régularité,
Des écumes, où les souffles se retiennent pour converser, proposer, et s'insérer dans un lendemain à naître,
Verseau de l'histoire que les stipulations olympiennes des causalités assemblent dans d'auxiliaires vacations.

« Ample maturation des énergies où s'épanouissent les voliges de toutes couleurs pour embraser le verbe d'une symphonie,
Moisson des algues en séjour, fenaison des ivresses jadis égarées, sonorité des fruits de la beauté, par toutes faces,
Ne s'immolant mais se gardant dans la préciosité du firmament où ruissellent ses saveurs architectoniques. »

Frémissements, attentes, aux préaux azuréens où les Mages et leurs cohortes initient la magnanimité native,
De la nitescence, loin des éphémères sentiers, relevant le défi d'annoncer la plénitude et sa consécration,
Que la limpidité précieuse édulcore des égoïstes possessions, afin d'émaner sa vitalité par toutes demeures.

« Instance sans drame, abreuvant toute force y compris les moires aisances où des regards se portent vers son amplitude,
La pondère puis la concatène pour d'un respire s'associer à sa densité, car rien ni personne ne peut s'en extraire,
Rien ni personne ne peut la destituer sans se destituer lui-même et disparaître, tant sa flamboyance est vive. »

Volute de la transparence aux forces graciles marbrant le Temple de la Vie de ses nervures sacrales,
Vitalité de chaque royaume où chacun, sans atermoiements, suivant ses degrés de capacité, prend en main,
Son destin dans une hardiesse intégrale, visitation de la probité, motivation de la générosité, pour une conquête sublime.

« Voie de toutes voix par les spécificités nanties d'apparats aux cristallisations remarquables et somptueuses,
Ouvrant tous foyers à la limpidité du rescrit de la vitale rigueur sur un horizon déterminant ne s'implorant,
Mais se conquérant, sans complaisance de l'assonance et de ses sentences, dans une authentique corrélation. »

Ivoire de l'exhalaison de mélodieuses perceptions enchaînées grâce à la faveur des épanchements subdivisés,
Se propageant dans l'éther, ne succombant, mais à l'inverse, explicites, alimentant et comblant le vide des nuits antiques,
Pour d'une aurore, percer le métalloïde qui les enserre, et d'un diamant solidaire, épousé et fructifié, s'illuminer.

« S'élevant par les degrés conférés sur les semis de la permanence, autorisée par la reconnaissance de la phase empathique,
Issue des sylves organiques et de la matière et de la spiritualité des plus adaptées enfantant le secret de l'immortalité,
Délibérant les agir les plus endurcis comme les imaginations les plus lucides pour forger le nécessaire futur. »

Dans une complémentaire constante conviant leur ténacité primordiale à répandre de constructives administrations,
Délivrant des hasards, pour abstraire leurs inefficaces enlisements, et élever toute prestation dans la fermentation,
Révélant l'abondance, mesure d'exploits téméraires et impérieux, induite par l'unité initiale, se menant majestueusement.

« Et de l'Être et des Êtres par toute évaluation comme tout attisement des cycles où sont périodes les ouvertures,
Des tempérances sereines, sans éclipses, monuments affirmés où les oriflammes affluent pour conjoindre,
Par toutes facettes libérées, l'aventure éclairée par la munificence témoignant la vigueur d'une impérissable adresse. »

Aptitude des âmes de la nue aux désirs de renaissances marquant de leurs croissances la fécondité,
Œuvrant à la prospérité de par leur conception et leur action, où les flots opalins délimitent la conscience,
Non conditionnée, mais éveillée à la cristalline éloquence du vœu de son existence, instance par les espaces sacrés.

« Amplifiée à l'infini par la prescience de l'Ordre Souverain procédant à sa propre régénération par ce sens créé,
Ornement de toute attitude signifiante ne se complaisant mais s'adressant quintessence de l'éblouissement,
Et de son dépassement pour consacrer son Évolution qualitative en des circonspections appropriées parmi les nombres. »

VII

Aube sous le vent ...

Aube sous le vent aux frénésies ouvrées d'armatures
Dont les blondeurs épicées décrivent les structures
Des Univers en éclat marchant vers les avenirs
Qu'une gloire advient dans le répons d'un devenir
Qui ne s'ébruite, mais se prend, vif et conquérant
Pour arder de ses yeux les votifs firmaments
Où s'en viennent, de lagunes en lagunes épousées,
Les feux d'une étreinte majestueuse et déployée,
Que le souffle assigne à la parousie des sylves.

Vertige des sylves dans la nuit, dévoilé, par l'onde délétère, aux parterres surannés couverts de parfums de parousie,
Amplifié par l'alacrité de chaque saison des cœurs palpitant les roseraies scintillantes de l'inflexibilité et de ses sources,
Dominante vague tutélaire honorant dans une élégance fertile la douve lumineuse de l'empire en mouvement.

« Voici en ses algues blondes, les safrans romarins des aurores sous le vent, dominant de leurs mâtures des appels exaltés,
Des rêves dissipés, et des constantes entretenant la nécessité et ses marques tempérées comme ouvragées,
Où le fier essor distingue, dans l'apparition de la cité solaire, bruissant d'effluves domaniaux, l'éveil de l'oiseau. »

Oiseau des cieux portuaires, conjonction des trames de l'espace et des ouvertures temporelles affinant son vol,
Calligraphie de la pluie comme de la chaleur extrême, de la glaise exonde aux paraboles des flores adventices semant,
La profusion des univers somptueux, où conversent l'impulsion de la prêtrise et ses splendeurs acquises.

« Clameur des anachorètes enchantant les passes les plus intrépides comme les plus indispensables aux essors conviés,
Pour parfaire à la régularité ne s'étiolant en fragments ni en détail, qui, unifiés, s'éternisent par les sentes des éthers,
Rubis de la création, pour en arborer les euphonies, d'épithéliale pesanteur aux ramures majestueuses éployées. »

Prestances trempées par l'honneur, le courage, la félicité, où l'exaltation propice se conjoint, pour ciseler,
L'Épée souveraine justifiant par la ténacité, mais aussi par la calme attitude, l'autorité ne se démettant mais s'enhardissant,
Pour baigner les pluralités distinctes des rimes comme des ères de renaissance, manifestées par sa clarté lumineuse.

« Rescrit de la concision, de l'attention, et au-delà de toute convoitise, de l'humble destinée, fer de lance de toutes épopées,
Vertu native des hymnes comme des chants par le limon, ses aires et ses densités, que la perfection transcende,
Car elle ne se perd dans les cantonnements des idéaux sans conséquences, mais s'apprête afin de servir le Généré. »

Où se retrouvent mille et mille les Chevaliers dont la confrérie contribue à la perfection des âmes par ce chant,
Arraisonnant le Verbe et ses mantisses pour en peser les réflexions, vibrer et signifier leur intensité constructive,
Développer dans leurs arcanes conscients la puissance essentielle du don, son discernement comme son apothéose.

« De citadelles les apports, par les pâturages et les forêts, les abîmes et les cimes, parution de haute fenaison,
Par chaque chaume, par chaque lisière, déclamant les velléités d'hier, enseignant les ensemencements du jour,
Face aux croyances carnassières, aux leurres désœuvrés, aux flammes consumées par d'adventices écueils. »

Où les Cohortes, revêtues du heaume de cristal, s'élancent, pour enfanter une demeure parfaite et plénière,
Voûte des prieurés aux palpitations honorées, carillon de portiques embrasés, persévérant avec détermination,
Les fruits d'une véracité épanouie, se ruant par les immensités pour ouvrir à chacune les portes de l'Éternité.

« Essaims de vaste haleine surgissant, afflux, les monts les plus désertiques, les gouffres les plus ténébreux,
Pour conforter la parole de l'Unité, sa novation exhaustive, son appartenance inclusive, en leurs seuils,
En leur navigation, sans adulation d'une quelconque préciosité, pour épanouir son ascension menant à la raison comme à l'action. »

Témoignage par les limbes aux facettes sans nombre des cristaux aux coloris cristallins et diamantaires, votifs,
D'averses les plus agrémentées comme de flores humbles aux traverses fécondes illuminant et gravant,
En chaque écrin la constitution de leur œuvre à bâtir, explorer et exonder dans une complémentarité gardienne.

« Brillante expansion par les talismaniques encorbellements, magnifiant la clarté idéée afin de l'œuvrer dans l'Absolu,
En signifier les incandescences, les élytres où baignent des savoirs cachés à dévoiler pour parfaire à l'enseignement,
À la connaissance, inscrivant aux somptueux frontispices des temples les aristocrates modalités d'aptitudes corrélées. »

Celles ne confondant le dessein avec une univoque croyance, bien au contraire attisant les brasiers du vivant,
Pour lui donner les forces lui permettant de s'élever à l'appropriation de toutes formes comme de toutes structures,
Advenant cette satisfaction en terrassant et circonscrivant les maux, pour ne laisser à leur place qu'une communion sublime.

« Gloire des sphères officiantes, suprême prescription d'un legs dont la constante n'est un reflet ni une fugacité,
Mais une visitation dans l'obscurité la plus sombre, divulguant le serment de la Vie, en la Vie, et pour la Vie, en chaque strate,
En chaque dimension aspirant à la beauté, à cette fraîcheur couronnant chaque talisman suivant ses valeurs. »

Déclin des astres sans lendemains, asséchés de leurs avanies comme de leur inconscience advenue, de leurs hurlements striés,
De leurs allégeances boueuses, ici déracinées par la permanence remplaçant leur vacuité irrationnelle et désuète,
Frivolité s'estompant dans la poussière soupesant leurs accès inconvenants, tous marchant vers la désintégration.

« Dans une épigramme putréfiant les cris stridents, les cacophonies distinctes, les repères malhabiles couverts de préciosité,
Tout un croisement d'écheveaux meublant de futilité leur origine de fauves latitudes, retournant vers le néant,
Duquel persévèrent et paraissent encore des arbrisseaux cherchant à fructifier leurs termes dramatiques. »

Prismatique engouement de l'édulcoration des vœux, tentant de jaillir par toutes faces diurnes et nocturnes,
Éliminé par la constance et ses armes de persévérance, ne se brisant ni ne se figeant devant leurs flots impavides,
Car protecteurs impassibles des temporalités aux mystères reconnus et dissipés, gravitant une sentence de victoire.

« Mémoire des varechs en moissons voyant par les vents altiers et puisatiers leurs fanes achevées conditionnées aux abysses,
Ferments du soir couchant où subsiste un renouvellement, celui de la perpétuation des phrases et des mots,
Permettant d'opacifier la dramaturgie de l'instant et dans l'aube iriser l'heureuse maturation de pousses gréées. »

Rythme, par les chemins de grèves étonnées, ne tarissant devant l'oubli, mais s'amplifiant et se fructifiant,
Dans des agencements élancés, innervant les humus de ces affines équités aux découvertes fascinantes,
Conte, sans secret, des affluences claires de la création et de leurs farandoles exquises attestées par de vives luminescences.

« Là, ici, plus loin, par les protocoles ouverts sur l'horizon et non ceux astreints à des statismes prévaricateurs,
Les uns pour préserver leurs carences, les autres pour effaroucher l'imaginal, les derniers pour s'éprendre du virtuel,
Toutes fosses communes abhorrées par ce jour de grand réveil frappant à la porte du respire non pour l'immoler mais le prospérer. »

Manœuvre des splendides intellections épurées d'esquifs semblant infranchissables, tant de distorsion leur écume,
Surpassant leurs moments d'affliction pour obtenir de l'intelligence ses graduations, ses envols, et ses incomparables réverbérations,
Allant d'îles en Îles, de continents en continents, de sphères en sphères pour correspondre l'architecture de l'immensité.

« Lumière des sites aux marbres fracassants les torpeurs, scintillants les épreuves et assistants la construction,
Générée et légiférée, ourlant, sur les sublimes constellations, les propices éclaircissements de leurs ramilles,
De leurs nombres, de leurs apogées, de leurs Olympes, toutes compositions invoquées par un souffle titanesque. »

Épiant des énergétiques étreintes les gemmes affairées, autorisées, patiemment devisées dans la trame du séjour,
Prédisposant leurs éléments à la naissance d'une exposition sans contingences arbitraires ou contraintes,
Afin de les voir libérer une élévation sans dissonances ni nuisibles pertes de cognition, dans une mélodie éclairée.

« Délicieux accord aux vols gracieux s'épanchant dans des règnes de bonheur sanctifiant leur loyale conversion,
S'affranchissant de la faim, de ses intentions et ses appropriations, libérant l'Esprit de virtuosité par tous les atours,
Naturant la propriété de l'Âme et de ses vertus nuptiales aspirant à l'autorité bienveillante d'une concorde. »

Paix de l'aurore aux nervures des levains de la pluie, aux rhizomes des vents suaves, par les terres et les eaux,
Consécration sans limites ne s'expurgeant mais englobant toute viduité, pour la stimuler à un état d'harmonie,
D'émotion et de salvatrice coordination, dont les cieux attendent le répons composé, éclairé, et transporté.

« Intensité des conjugaisons inondées de stances par les lagunes moirées de miel où les blondeurs azurées,
Délivrent la maîtrise seyante à toute gloire, ce creuset de l'apothéose ne s'étiolant ni ne se déconsidérant, se sachant,
Par discernement, microcosme du macrocosme considéré, voie d'initiale vertu et de splendide annonciation. »

Prêtrise du sacre sonnant le glas des tourmentes et des artefacts belliqueux, amers conflits du crépuscule,
Pour libérer l'Être de ses stagnations, l'irradier dans l'Évolution elle-même, par-delà les étreintes de la nuit et de ses écueils,
Se consumant sous le soleil de feu, réduisant en cendres leurs velléités comme leurs désacralisations votives.

« Présence et manifestation de l'ineffable diaphanéité
par les environnements illimités où l'excellence se
prononce,
Ascension de la perfection, ouvrant la Voie à leurs
instants glorieux, se déversant sans discontinuer,
mobiles,
Des fastes de la Vie où des ramures légères, altières,
vivaces et limpides, coordonnent des entreprises
magnifiées. »

Rectitude délibérée de sages conseils se parant
d'une ascèse palpitant les cœurs d'une conscience
renouvelée,
A l'exonde abondance assainie par de fractals
apophtegmes où apparaissent, après les ruées
apocalyptiques,
Les tempêtes et les colères des zéniths visités, la
fraîcheur de l'innocence et la douceur de la
quiétude.

« Conjugaison des mannes sans repos aux nuées
stylisées et combinées de lacis brûlants, aux volutes
ambrés,
Semis par les sillons auréolés de leurs ors
symphoniques où les notes sont arômes de
pluviosités nacrées,
Embaumant les stèles d'hier comme les sanctuaires
du jour, dans le panache d'une féerie s'inscrivant
par les univers créés. »

Irisation de mantisses et d'émanations, agrées et agrégées de paroles résonnant un sort aux bruyantes mélopées,
Se délitant de leur masque pour inscrire et réfléchir dans la nue prestigieuse, leur énergétique faculté d'évoluer,
Aux fins de forger l'avance impériale qui ne se tresse d'appréhensions factices, de principes antiques surannés.

« Vacuités escortées vers la solidification par un parchemin de lys et de marbre, statufiant leur ardeur dans l'âtre,
Où les flammes jaillissent la pérenne désinence du devenir de chaque créature par les temps comme les espaces sans fins,
Flamboyance aux chatoiements festifs, agréments de la destinée révélant ainsi son harmonieuse exigence. »

Capture des fibrilles multicolores des liens organisant les essors et leurs vœux par les florilèges de l'agir,
Les contemplations de l'imaginal, et par les rus de l'expression aux ambroisies fidèles, stances majeures,
Permettant de promouvoir toutes révélations, par-delà les écumes et les houles, par-delà les antiennes périclitées.

« Fulgurance des âges, laissant place à la potentialité de la réalité, fertilisant l'ennoblissement de toute destinée,
En accouplant la pensée à l'imagination, pour les faire rayonner dans une connaissance que la maturité exprime,
Afin de réaliser et croître toute parure, de la plus humble à la plus fortifiée, resplendir le cil de la beauté par toutes étreintes. »

Magnificence aux escarpements notables vers lesquels se tournent les visages pour en reconnaître l'infinitude et la plénitude,
Croisant les énergies rayonnantes de la divinité aux élans impériaux et portuaires, consomptions de pure majesté,
Combinaisons de pulsions motrices préservant le lieu comme le lien s'apurant selon les ondes en fonction de la grandeur espérée.

« Assignant à l'emprise de valeurs aux constructions natives et florissantes, aux incarnations formelles et cycliques,
Invitant au devoir et ses attentions par les rives assumées délibérant le levant des causes et des effets,
Pour ouvrir leur champ d'action par les sommeils engendrés et abyssaux, pleuvant des dysfonctions égarées. »

Mesure aux magistères flux et reflux correspondant et développant dans leurs racines une fonction prémonitoire,
Un appel germant la volition d'un seuil à franchir, parcourir, et dépasser pour favoriser leur essor dans l'abondance,
Gréement de contrées en éveil, par les mâtures ne s'enlisant dans les nocturnes désinences, mais dans la luminosité.

« Conjonction d'ornementations confortées, hâlant la clarification des inclinations et de leurs frémissements,
Nées pour aborder les archipels enchantés, dans une formation respectable qui ne peut se ternir de l'arbitraire,
Toutes voix élevées participant au précepte de la multiplicité et de l'unité dans une oriflamme vertueuse et souveraine. »

Embrasant, conservant et consolidant des attitudes ne se congratulant, mais à l'inverse, opiniâtres, naviguant,
Telles des barques de cristal où le vent dirige des natures fécondes comme des dénatures immondes, afin de ciseler,
Au-delà des plaintes et des peines, des larmes et des défauts cognitifs, la nacelle de la demeure éclose, épanouie indivise.

« Pétrie par-delà les foyers aux glacis incertains, les monts abrupts et les falaises de marbre opiacé et défraîchi,
Façonnée au-delà des mille temples inachevés élevant la lucidité dans l'inconscience et ses vertiges douteux,
Forgée en deçà des âmes embrumées et endeuillées de leur causalité, ruisselant de pleurs damnés et épouvantés. »

En lice par les prairies dévoilées, les sentes absentes, les conditions déifiées aux splendeurs accrues,
En marche des ébruitements et des corrélations insipides démarquant leurs transes de soumissions impassibles,
En prêtrise des solitaires amertumes et des échecs ataviques et exploités, des estivations prismatiques.

« Allant, venant les incertitudes de ces déploiements pour graver en leur indétermination l'étincelle d'un respire,
Celui de l'éponyme valeur fructifiant le passage des rites tumultueux et signifiants, celui se désignant conquête,
De l'individualité en la quantité et de la pluralité en l'individualité dans une résonance admirable et étonnante. »

Contrée de toute coordination s'invitant évasion, se vitalisant concaténation, dans une endurance rayonnante,
Où le Verbe décante les derniers récifs et brisants pour ornementer la sphère d'une existence primordiale,
Engendrée par la félicité et la pluviosité de projets acheminés et ramifiés dans une coordination cultivée.

« Gravitant l'excellence, la semence des règnes, dans des fresques aux parcours enseignes de savoir et de connaissance,
Délibérant de festives citadelles aux chaumes épousés, de féales assonances aux armoiries sublimes,
Nourries par les vents d'un Olympe animant tout regard, à la nacre familière, dans une illumination des plus impétueuses. »

Où chaque Être sait être l'essaim de la parturition de l'avenir comme du devenir en ses accents matures,
Hissant la création au faîte de la gloire, perçue par-delà les contingences des divisions vécues, dans un acheminement,
Témoignant d'une exhaustive initiation, favorisant une compréhension impérissable de la nature de ses fruits et de leurs pampres.

« Aube sur les rivages de la révélation dont l'intégrité annonce la robustesse lumineuse parcourant les espaces infinis,
Nantie de la cascade granitée lui consentant de germer et les principes et les agréments exquis de la nue,
Dans une révélation forçant au respect, enhardissant les prouesses de chaque créature en son champ d'action. »

Contemplation des Sages, déclaration des Mages, préservation des guerriers intrépides, orphéon civilisateur,
Où se rédigent les Lois discrétionnaires, se délimitent les sorts empressés du généré, afin de lui assurer,
L'incontestable préhension d'une fidélité conquérante, potentialité excluant le naufrage et ses errances.

« Source de serments étudiés dès l'alcôve, d'actes souscrits ne se destituant dans l'immobilité et ses prétextes,
Conduite célébrant l'expérience devant les éclairs des nuées, l'apport de tout un chacun se manifestant,
Soutien de la génération et de ses officiances unies par la raison et ses affirmations comme ses dénouements adulés. »

Transmutation ne se coagulant dans l'appréhension au regard de la synchronicité intime de l'individualité,
Mais se partageant pour distinguer et coopérer, dans le cadre du don, toute sanctification prépondérante,
Toute opiniâtreté ne se perdant dans l'illusion d'un séjour, mais en éclairant les ors lagunaires comme les cristallisations animées.

« Commémoration évolutive où le sel des émaux resplendit, par le zénith des cieux aux soleils éployés,
Dans une flamboyance entrecroisée d'efflorescences de florales pondérations, ne se consignant ni même ne se condensant,
Car portée des empires et de leurs embellis aux courses audacieuses, fluides ensembles de libres appartenances. »

Gravures dévoilées garantissant une persistante offrande du généré à la Vie, celle de l'épanouissement,
Aux épithéliales conséquences, par le jeu des emblèmes, par leur gravitation, leur dynamisme, leur alacrité,
Valeur de la prospérité des aires apparues et parcourues où l'Aigle couronne une impériale consonance.

« Mystère des épanchements symboliques, aux mille et mille écheveaux et opinions, fugaces ou tempétueux,
Sans mots hâtifs, sans prosternations, que l'attention, marque de prestige, décrypte pour enseigner,
Révélant en son lieu, l'Idéal, franchissant les fleuves les plus larges, les monts les plus hauts, les abîmes les plus denses. »

Allant la destination téméraire de libelles se propulsant dans le vide et les afflictions aux propriétés désertiques,
Contractions nécessitées par la qualité évolutive délaissant le boisseau de ces ruptures altérées et enivrées,
Pour introduire le passant dans son lendemain de visite fertile, lui donner la faculté d'appréhender puis enfin maîtriser la sphère de son état.

« Où le cœur nomme la sagesse sans renoncement, garde de la discrétion d'un dessein attisant par-delà toute béatitude,
L'armature de la Voie aux vols généreux et souverains, ne s'étiolant malgré les opiacées guettant, omnipotentes,
Chutant, inexorablement, devant ses éclairs composés et encensés magnifiant les épures des temps à féconder. »

Blondeur safranée des littoraux diurnes rehaussée de frises solaires incendiés de rites et de rythmes reconduits,
Affines de la clairvoyance de l'illustration fertile ébauchée, agréée, multipliée dans une irradiation constituée,
Culminant les efforts de tout un chacun pour permettre aux pouvoirs de réaliser leurs objectifs raffinés.

« Arborescences de nuptiaux dictons manifestés par le langage, où des oasis, insensiblement, gravissent, altiers,
Des frondaisons avides pour les défaire et disséminer par leurs routes quantifiées, une hardiesse,
Animant de gravifiques intuitions nattant leurs eurythmies d'une essentielle procédure les guidant vers la postérité. »

Mage essence de glorifications vivant par les confluents et les affluents de grèves pétillantes aux plages mordorées,
Où les sollicitudes s'ouvrent sur la pérennité, sans allégeance, la beauté et la suavité, la tempérance et la beauté,
Dont les expansions, formalisent le futur dans ses altières perfections, initialisent la parousie des sourires d'un jour dans l'éternité.

« Livrée des lagons d'ivoire et d'histoire, des exhalaisons aux noviciales et abondantes robustesses,
Étreintes des habiletés propices, sans repos, aux ornementations indispensables et superbes par les orées effeuillées,
Délibérant et améliorant l'incarnat, dans des exploits alléguant leur élévation motrice, concordant tout rayonnement. »

Ivresse sans ivresse balayant les incertitudes, condamnant les statismes irréversibles et leurs irrésolutions,
Là où la curiosité, à l'inverse, dans sa nuptialité suscite le raisonnement et en soutient les postures solennelles,
Constellant loin des abris le sort conjoint de l'harmonieuse exigence de l'Être dans ses vêtures de magnificence.

« Où surgit la fougue de l'Esprit planant au-dessus des eaux les potentialités égrenées, telles des floralies,
Par tous domaines de l'entendement circonscrit en la temporalité, et déjà bien au-delà de cette chrysalide,
Attisant ses voiles de cristal par-delà les méridiens acquis, dans la prestance d'un éblouissant rivage fécondé. »

Douve de climats et d'auspices impétueux, de sillons éprouvés, réalisés et générés par la puissance du vœu,
De l'accomplissement, menant, portuaire, à l'autorité souveraine, dans une disposition majestueuse,
Stimulant toute face à la reconnaissance de capacités supérieures, forge de toute concrétisation éclose.

« Stature comprise, emprise et accaparée, témoignant de glorieuses intentions, délaissant les surnuméraires brasiers,
Pour hisser sur les cimes les modalités de la complémentarité, instaurer, par leur couronnement propice,
La plénitude de forces ouvragées, aux festifs agencements, instituant leurs mantisses par toutes vagues enfantées. »

Majeure ouverture prédestinant le généré dans un cours impassible, signifiant par ses rives reconnues une félicité,
Éloignant toutes bruines, toutes pluies, toutes nuageuses perceptions, afin d'advenir par-delà la vision,
L'étonnante formalisation d'une pure causalité, où la tempérance régit et agence toutes facettes d'une immortelle randonnée.

« Portique franchi, polissant par l'astre le mouvement et la péréquation du caractère du savoir dont les chemins,
Sont de toutes conditions, les fluidifications comparaissant, grandissant, et illuminant les horizons renouvelés,
D'où partent des sentiers précieux, érigés devant le firmament, permettant de délivrer des écueils et de leurs opérandes. »

Expressions par les macrocosmes aux flamboiements s'adressant par toutes orientations déclinées,
Pour les apprécier et sans austérité ni complaintes les élever au prestigieux accord avec la nécessité immanente,
Que la splendeur incline, sans austérité, à la providence, pour fructifier ses horizons, munificences en son sérail.

« La vie, partie de sa conscience, ici permute dans la nue, dans ses surfaces intersidérales, accomplie le devoir,
De leurs monèmes et de leur saisissant Olympe, où les semis, écharpes de requêtes, ne s'enlisent ni ne se perdent,
Pour, sans faiblesse, se hisser vers l'équilibre éminent de ses graduations, forgeant ainsi leurs mutations. »

Vertiges pour l'humilité se résorbant en la grâce d'une perpétuelle vitalité, d'une intellection comme d'une érudition,
Consolidant par leurs démarches, la découverte de ses caractéristiques comme de ses ordres enthousiastes,
Conjugale apparition de la transcendance, participe du créé, comme un baume de jouvence, attendant son ravissement.

« Aux sorts bâtis, aux cathédrales dressées, assemblage annonçant la joie de ses ordonnances distinguées,
Visitées, déjà dans la présente cognition, confluence enhardie vivifiant des armoiries limpides et supérieures,
Conjugaison appelant par toutes voix ouvragées son dessein de moments se partageant et se désignant authentiques. »

Témoignage évoqué par les concaténations des flots dimensionnels, menant intuitivement aux enfantements,
Et des périodes et des règnes, et des coordinations titanesques à toute propension par les multi-univers,
Formalisant les gravures fructueuses croisant, dans la dignité, sans ébauches, les océans de l'Histoire souveraine.

« Contre laquelle la bruine des âges ne peut vaincre, malgré ses cécités ourdies par des limons organiques stériles,
Leurs épuisements chroniques et leurs parités diachroniques exposant toute créature dans le néant,
La réduisant aux soporifiques marbrures du servage et de ses ruines monotones où la futilité tient lieu de règne. »

Décrépitude inscrite où tout un chacun se noie, sans la moindre intention de se fidéliser en ses ornementations,
S'il oublie de la rendre à la poussière, juge ses frivolités, son bestiaire et ses accoutumances comme elles sont,
De pauvres membranes délétères où se conjuguent la vanité, l'orgueil et leurs pulsions voraces et sans lendemain.

« Jugement serein voguant par l'ampleur des espaces, les abondant d'une pluralité exhaustive et matricielle,
Persistant une équipée ne s'immobilisant ni ne se statufiant, car discernant au-delà des abîmes, la cime de l'azur,
Dévoilant ses architectonies par-delà toutes apparitions infécondes aux téguments érodés et anémiés. »

Harnachement de la modélisation du sacre, loin des anathèmes et des reflux récurrents, facondes de lisières asséchées,
Où l'Être, en son aristocrate détermination, revêt sa monture pour propulser son pur potentiel de croissance,
Hâlant des écrins bâtisseurs, construisant, œuvrant, jamais ne détruisant ni ne s'immolant, par nécessité.

« Devise des arcanes ne faiblissant devant les fortunes contraires, s'épiant, s'affrontant, s'aliénant sans discontinuer,
Préambules de noirceurs où siègent de nocturnes aisances sans sagesse, miasmes se conditionnant dans la fange,
Congruités abstraites que l'excellence enlise et précipite par la fermeté se déclarant condition de toute révélation. »

Par l'exigence d'une souveraineté sans affliction, prenant mesure de ces noirs ébène fustigeant la création,
Pour en contraindre les dominations et les élémenter dans l'identification de leur devise fourvoyée,
De leur mucus sans partage, replié sur lui-même, se révélant préau d'abysses dans le marécage devenu de leurs permanences.

« Épreuves de mantisses au verbiage de vaniteux que la perception exclue de la perfection de la Voie et de son flux,
S'effondrant face à la réalité composant, diaphane, les conjonctions lui permettant d'assumer la continuité de son œuvre,
Son harmonie légiférée ne cessant d'éclairer de fastes toutes demeures initiées délibérant la probité de son exaltant message. »

Vive clameur, festive d'un Chœur s'ouvrant sur la légitimité de ses flamboyances comme de ses vaillances,
De ses ornementations fractales aux supports permettant de nouer toutes assises précieuses et impartiales,
Immuables, conviant toutes nefs au regain d'une aventure parfaite se concordant oasis par tous les chants.

« Dont tout un chacun perdure l'efficace teneur, dans une attention, sans accessoires préhensions, dénombrant,
De la nécessité, l'administration, par les autorités embellies et affermies ne sombrant l'existence et ses rameaux,
Bien plus, créant la déperdition des avatars funèbres des confluences négatives des errances et de leurs bouillonnements. »

Ainsi dans la mélopée définie, engagée au-delà des cautions et des compassions inutiles, s'invente le prestigieux suffrage,
Aux règles approfondissant la pérennité dans ses moindres détails, ses moindres domaines, afin d'en libérer,
La concordance du potentiel et de la moisson, du succès et de la fenaison, par la gravitation native de son exfoliation éthérée.

« Constante par les passes abordées et leurs densités exhaustives, mémoire des signes où l'excellence se commet,
Effeuillant et fortifiant leurs apogées, là où le mystère se révèle pour répondre à un appel consacré,
Mobilisant toutes formes exaltantes, couronnant son hyménée et ses irisations les plus incarnées et désirées. »

Offrande de l'infini à la bonté, s'élançant dans une parure armoriée vers la plénitude et ses embrasements,
Afin d'en concourir l'éclosion par toutes terres induites par les sphères en majesté, où les cieux s'invitent,
Tempérance de la formalité de tout devenir, correspondance d'une prépondérance au dessein signifiant.

VIII

Clameur des silences ...

Clameur des silences qui dans la nue propice
Dévoile les charpentes des règnes adventices
Dont les félicités, sans masques ni tragédies,
Délibèrent les flots gracieux qui apurent la Vie,
Ses orbes et ses ferments, ses ordres magnifiés,
Et dans le cil de la vertu qui demeure exfolié,
Les luminosités voguant sans détresse
Pour participer le gréement et ses adresses,
Que fertilise le levant s'invitant Égrégore.

« Égrégore des âmes ne s'édulcorant ni ne
s'amenuisant dans la féerie des vagues déferlant les
rivages,
Dont les termes sur l'horizon s'élèvent pour parfaire
à l'harmonie et ses détails souverains, où glisse
l'Aigle,
Pour consacrer la Vie sublime et ses orientations
fluides et encensées que l'ode exprime pure
exigence. »

Où des sentes hybrides développent des algues
séjours, des contours altiers et définis, où les
porphyres,
Les jades et les ors affluent le prestige d'un empire
conquérant, préambule des cycles antiques sans
nombre,
Reconnaissance, dans la mansuétude, des
labyrinthes de leurs ères, aux flots violents et amers
ou paisibles.

« Aube sous le vent des impérieuses nécessités
flamboyant les préceptes constellés, dessinés par les
Sages,
Aux propices évocations, aux engagements sereins
et déterminés, veillant à l'accomplissement du but
suprême,
Celui de l'unité primordiale n'oubliant ses adages,
ses aspirations, ses épanchements, ses
réverbérations. »

Et le Verbe dans ses vacarmes, ses ramures dissertées à l'infini concatène son expression majeure,
Par-delà les balbutiements aux clameurs de soumissions égrenés comme des perles de corail, s'inventant une durée,
Sans avenir dans ce présent, au-delà de leur précipice, délaissant vestiges comme vertiges pour perler l'immensité.

« Bercement du flot intime, où sérail vogue la perception des Mages vers les armatures des nefs de cristal,
Dans la ramure des vents, guide de leurs prépondérantes navigations élégantes et appropriées,
Par les frontons antédiluviens de continents inconnus ou oubliés, enchantant l'heure d'une présence surannée. »

Dévotion de contraintes se comprenant et se prenant pour en arborer les cieux, par-delà les ravines,
Les abysses et les marais, afin d'en déflorer les normes, en anémier les conséquences et leurs fluctuations,
En épurer les persévérances et les sorts, par-delà les eaux opaques comme les souffles adverses aux incertitudes votives.

« Voici le miel de la saison nouvelle et ses ardeurs se confluent pour prédisposer le Temple dans ses définitions,
Enchantement de l'essentielle permanence ne se brisant sur les talismans aux diadèmes d'agraires servitudes,
Mais se ramifiant vers le seuil de l'Éternité pour en stimuler les lys couronnements dans un hymne mélodieux. »

Essence des gloires sans complaisance par les perspectives à suivre, estompant les calvaires manifestés,
Les sursis songeant leur éternel retour, dérives temporelles étreintes afin d'en disjoindre les finalités,
Les moduler dans la constante de l'événement et les fulgurer dans la faveur d'un zénith où resplendit un domaine.

« Une gravure exultant le vœu d'un rayonnement solaire, fertile d'une dénomination stellaire hissant sa parure,
Comme un respire aux exhalaisons annonçant une précieuse incarnation par les constellations magnifiées,
Dans un virginal apprivoisement, afin d'offrir aux temporalités une source ne s'abîmant dans d'amers rescrits. »

Ordonnée volition, vecteur d'aménagements franchissant les portes de l'immortelle beauté de la création,
Dans une affine vertu ne s'éplorant mais gravant sur leur chemin non seulement l'espérance et ses ovations,
Mais l'Agir signifiant où se proclame, à la faveur des élocutions intrépides, conjuguées et corrélées, la magnificence.

« Cil de l'incantation promue dans l'humilité que le sens naît suivant les circonstances des turbulences, à un novice opérande,
Assurant le destin, fortifiant son essaim et l'engageant, sans introductions velléitaires, basses fosses,
À une maturation herméneutique, dont le combat essentiel coordonne, assigne le preux à une exaltante embellie. »

Octroie d'une désinence composée par la généralité irisant de ses mantisses les vecteurs acclamés et agréés,
Forgeant par l'individuel la globalité et inversement dans une stimulation sans limite, car de l'intelligence,
Le fruit, la raison, l'instruction et la tempérance garantissant et perpétuant la pérennisation de toutes prouesses.

« Nidations sacrales des Circaètes s'envolant vers les brumes et les torpeurs des éthers, comme de fiers guerriers,
Les uns vigoureux, les autres colériques, les derniers tempétueux, marquant de leurs ciselures les moissons des terres,
Fières et austères, délivrées et solitaires, révérées et solidaires, d'un sillon tenace exposant leur essence complémentaire. »

Prémisse des blondeurs de la nue aux sonorités adulées poussant les périodes vers le dessein de fenaisons,
Aux potentiels dépassant les égarements, les fugacités, les admonestations et leurs enchaînements,
Pour délivrer le Corps du voyage, l'Esprit du règne, et l'Âme du parcours enfanté, le statuer démarche de fidélité.

« Enseignement de prières aux échos se répercutant vers l'insondable pour répandre la détermination par les désertiques semences,
Les faméliques flâneries, les ivoires bannis et les encorbellements lourds d'invectives aux escarpements foulés,
Oppressés, ce jour, par le futur frappant à leur porte naine afin de l'ouvrir sur la tumultueuse condition du vivant. »

Où des limbes s'assortissent pour décimer leurs dysfonctions, déliter les froissements de leurs cantonnements,
Inscrire sur leur front les signes de l'existence magistrale, opérer dans la félicité sa notification admirable,
Native de valeurs permettant de construire le devenir, sans l'épuiser, le diriger dans une coordination nuptiale.

« Pierre d'œuvre aux achèvements distincts générés par la complémentarité où s'avance l'ouvrage, puisatier,
De la flamme de soleils expressifs aux déités décrivant l'équilibre de métaux rectifiés, franchissant,
Dans l'affinité des houles, les tourbes, pour s'unir à l'Empyrée, en officier les conjonctions comme les transparences. »

Exposition de la maturation des forces dans leur appropriation et leur régénération, confondant le sort, œuvre au rouge,
Décimant les scories dissolvant les scarifications, les complaintes grossières et boueuses, et les peines affligeantes,
Aux fins de prospérer l'indispensable parturition transcendant la Vie par toutes ses routes en pouvoir d'assomption.

« Orbe de strophes s'invitant à la régénération dans
l'épithélial et adventice apparat intronisé et
agrémenté,
Par les fragrances émergeant des glaises arides
comme des lacs endeuillés, pour réacclimater les
parures,
Où se pressent et se concrétisent les floraisons vives
des germes semés, engendrant de pures
acclimatations. »

Conditions d'effluves aux prodigalités magistrales,
aux éclosions remarquables par les aires célébrées
des temples,
Où les sylves, purs éléments, sont concaténations
de fidèles matérialisations jaillies par la temporalité
et ses degrés,
Initiant les aspirations les plus nobles, par-delà les
contingences mobiles dépérissant les plus beaux
arcs de triomphe.

« Ici, dans la pénétration des ondes, relevant le défi
de l'ornementation la plus somptuaire et la plus
joyeuse,
Où défilent les nymphes amazones, les enfants au
sourire parfait, les amants aux écumes de magies et
d'illusions,
Tout un Peuple s'appartenant en majesté, œuvrant
pour la gloire sans prodiges, épousant la martiale
écume de la victoire. »

Embrasant de ses prunelles les visitations précoces illuminant la portée des œuvres participées et animées,
Par les souffles, où la tenace aventure ne se clôt mais s'éclôt et s'accentue sous l'intensité de vagues tutélaires,
Ébauches multipliées par les sphères ardentes exhortant leurs ciselures à promouvoir et alimenter la grâce.

« Ivresse et fête où s'érigent et se dressent dans le tumulte des roseraies et des lys cristallins de l'Ouest,
Les croyances et les amoncellements de rêves, transigés par le Verbe, odorant les orées de forêts déployées,
Éclaircies ou sombres, inexorablement chatoyants la veille circonscrite des émanations au-dessus des eaux. »

Aux monacales résolutions, aux exclusives dénominations, explorant les parousies des conduites,
Authentiques, dont les actions sublimes orientent et devisent l'élévation du Temple majeur dressé sous les cieux,
Délivrant en ses mantisses le layon allant inlassablement plus loin des défis d'autrefois, pour enrichir le futur.

« Dans la détermination en ajuster les stances efficaces, permettant d'oblitérer la souffrance comme la faim,
La densité des expressions butant sur les réalisations concrètes, délaisser les productions irréelles,
Apparences d'une virtualité s'autofécondant dans une autosatisfaction menant vers toutes déperditions. »

Où l'on voit les monocordes indéfinitions se malmener, s'augurer et se précipiter vers des refuges,
Les uns les autres se consentant primauté de leur rebelle adversité pour apparaître des furoncles obscènes,
Que l'Histoire invariablement défait, car leurs expressions sont incorrections envers le devenir en voie d'accomplissement.

« Naguère en lice dans les passementeries hivernales où se noient les inspirations pour de putrides bavardages,
Errements de regards hagards qui, loin de la curiosité et de ses principes, sont construction d'une virtualité,
Proliférant dans l'abstraction la naissance d'une contraction dissonante où les effluences deviennent pierres de cécité. »

Hautes dénominations de perversités inscrites aux mémoires éduquées de méfaits isolés et défaits par les flots conquérants,
Dévoilant leurs racines impermanentes où rutilent des pavots aux miasmatiques errements, aux hurlements,
De maux et de conflits, de feux de guerre et de larcin, d'agressifs anéantissements larvaires aux rugissements évanouis.

« Tant la probité n'est imperturbable allusion de leurs fastes encensés, mais conjonction d'une naissance disparaissant,
Leurs éclairs stipendiés, leurs entêtements aux rétributions vénales et poisseuses, leurs lévitations caractérisées,
Ignorées par ce talisman protégeant l'Être implacable, d'une droiture exemplaire ni à vendre ni à monnayer. »

Saturation de leurs élégies par les environnements vécus et tant d'autres par les Univers en voie de genèse,
Tant d'autres en contraintes de leur lie voulant abreuver de leurs menstrues de glauques défectuosités,
Façons de petits homoncules tragiques, détritus vénaux et avides, s'imaginant et se croyant immuables postérités.

« Aux délirantes élucubrations, aux équivoques gravures s'érodant devant les semis clarifiant leurs moires aisances,
Initiant l'éternelle assistance destinée à les confronter avec le réel, la conformité d'un séjour, la splendeur d'un état,
Délibérant et engendrant leur conscience, loin des sourdes contritions de leur déshérence et de ses joyaux aveugles. »

Par les recueils des siècles, tarissant devant l'inflexion de leur altération, où les fleuves se portent,
Dans une créativité des plus réfléchies, des plus éblouissantes, et des plus conjuguées pour permettre de professer,
Par-delà leurs idiomes, leurs votives allégeances, le sentiment de la liberté exclusive appartenant à chaque Être d'être et non paraître.

« Paraître et paître comme le sujet d'un troupeau difforme de bêtes enchaînées aux stimuli de jouissances infâmes,
Dans des conforts ouatés et comateux aux afflictions éperdant toute peine des larmes frappant à leur porte,
Sans réponse, sans rayonnement, sans pulsation, or celle de la désintégration, faire valoir de leur insipide couronnement. »

Modalité évoquée sursis par l'heure présente, vacation de l'effusion et du souci de vocations sublimées,
Conférant par mille et mille élévations les degrés tressés destituant leurs apparences pour les forger dans le réel,
Taire leurs ramifications déclinées, leurs respires impropres, leurs bassesses léthargiques, leurs abominations stériles.

« Opiacées, retombant dans la poussière en se félicitant d'un avenir de ténèbres, engendrées par les cœurs ignorants,
Contemplées par le Sage comme le Mage, tentant d'y rétablir un accent de perfection, comme un guérisseur,
Regarde le patient succombant, par désertion, faute de se promouvoir pulsation capitale s'évertuant régénération. »

Tentant de naître des rives exondes jaillissant par les orées les plus assombries et les plus assoiffées, dans ce lieu,
Où se conserve le vocable causal permettant les plus dignes conversions aux plus vastes frondaisons inspirées,
Compréhension de l'œuvre sacrée perpétuant l'allégresse et ses motivations délibérées ne s'entachant de fortitudes.

« Concrétisant une sacralisation dans son élémentaire splendeur ruisselant par les ambres les saphirs éclairés,
Menant de l'ombre à la lumière dans de sublimes résonances où, label de tremplins vigoureux, se finalise,
L'essor assignant la vitalité secrète des âmes, fulgurant leur densité dans une éclosion somptueuse en majesté. »

Magnanime pensée des élocutions ne se parjurant ni ne se désertant par l'orbe alimentant une euphonie élevée,
Là, ici, plus loin, dans des embranchements aux racines incalculables, car boisements de la parousie invitée,
Pour parfaire à la fortune d'un sérail, exciter la canalisation de ses sources, lui insuffler une reconnaissance supérieure.

« De nuptiales demeures où l'amour, suivant son trajet aux frondaisons colorées et célébrées d'alcôves templiers,
Parchemine l'existence et ses flux, dans de luxuriantes fresques s'épanchant sur des grèves émerveillées,
Par l'audace de son épopée salutaire, libérant des engagements votifs pour les gréer dans des coordonnées stylisées. »

Où le propos ne se cheville mais officie pour d'un martial gréement se fortifier, s'enluminer, et se glorifier,
Aux fins d'aller au-delà du désir dans la course témoignée des cieux, ardeur de la volition de l'autorité,
Assistant le déploiement de toute assiduité par-delà les instabilités et leurs rides statufiées, retombant en poussière.

« Allant toujours plus loin, car visiteur de biotopes en genèse, de cosmos fascinants mais aussi de terres endeuillées,
Essaims en instance d'attribution, les uns s'abattant, les autres s'oubliant, les derniers se raffinant,
Ayant pour point commun la portée de la conscience, lucidité éloignant de dégradation les générations. »

Dimension saillie par l'action allant de chronicités en chronicités vers les senteurs de berges dominantes,
Jusqu'à l'épuisement de leurs considérations en vue d'une renaissance ne s'absolvant mais se liant au serment créatif,
Où l'autorité sans failles veille, constellant ses expressions dans le cœur même de la sagesse épousée.

« Conjonction de fermetés voyant par l'horizon s'unir les fers de lance indivis propulsant leurs forces pour anéantir,
Les sombres incarnations, les douves armoriées sans légitimité, et les fresques aux barbares essences,
Toutes vacuités égrenées de déraisons ne pouvant embraser le sort légitime, au motif de leur stérile incantation. »

Où le langage s'affirme, où sa voix se prononce dans la Voie et pour la Voie sans absence ni compromission,
Hâlant ces voûtes désunies afin de les relier les unes aux autres pour y bâtir les bases audacieuses d'une aventure,
Composée, enrichie, concrétisée par-delà les ruines et leur vide, leur insouciance comme leur amertume prolixe.

« Appropriation de la plénitude annoncée par d'intrépides assauts couronnant l'élection de cohortes,
Abordant leur désir de libération, délibérant leur essor pour consacrer non seulement leur condition nouvelle,
Mais l'animer sur les fonts baptismaux de la splendeur comme de l'honneur, dans une somptuosité éternelle. »

Où le Verbe se fait chair, dans une définition parfaite intègre l'infiniment petit comme l'infiniment grand,
Pour assurer la fonction motrice de la révélation, matrice prioritaire et souveraine d'un enfantement majeur,
Du savoir du microcosme dans la Temporalité, du macrocosme dans l'Espace, aux navigations conjointes.

« Délaissant aux bruines passantes les idéaux consacrés dans une indétermination anthropomorphique,
Évacuée au regard de la multiplicité revêtant toutes formes comme toutes structures, clameur de myriades d'écrins,
Conjoignant la beauté de la pluie incomparable de l'inspiration nourrissant la féerie de mondes sublimes. »

Flamboyances du Divin œuvrant à sa pérennité dans son absolue maîtrise de tout respire comme de toute force,
Devant se conjoindre pour prospérer ou bien disparaître avant de renaître pour aborder sereinement le parcours,
Du sillon de la grâce, dans une impulsion harmonique obérant la virtualité et ses anémies enchantées.

« Conscience allant vers la surconscience, abandonnant l'inconscience pour gagner la félicité et ses royaumes adulés,
Ses jardins fastueux, ses empires universels, ses enivrances constellées aux domaines magistraux et impérieux,
Desseins de l'éloquence et de la prononciation se révélant pour bâtir et non s'épandre dans les frimas de la velléité. »

Toute exposition opérant dans l'œuvre une acclimatation perdurant l'offrande solennelle de la Vie en la Vie par la Vie,
Dans un soutien multiplié, sacre de la vibration de toutes résonances, parement de la matière sublimée,
Consécration de la spiritualité, magistères de l'Unité subséquente, rive fabuleuse que tout un chacun peut aborder.

« Dans un vertige déniant la cacophonie pour s'ouvrir à une architectonie pulsant une libération ultime et magistrale,
Devisant l'attraction pour en obérer les pulsations gravitantes, et alimenter la viduité dans une renaissance exaltante,
Dont l'ouvrage formule, détaille et conquiert par toutes faces les opérandes afin de les gréer vers son cœur lumineux. »

Car ainsi en est-il de la perception mue, thésaurisée, influant les axiomes éthérés permettant d'engendrer,
Par-delà toutes attitudes conflictuelles, le gynécée et ses synchronies drapant la dénomination de l'individué et du généré,
D'un exaltant hommage absolvant et proclamant toutes sentes joignant la sanctification et ses routes pérennes.

« Sens de l'accomplissement par toutes fougues propulsées dans une conduite partagée, inscrivant le vœu,
Dans une orientation fidèle, dépassant les carcans de la virtualité, fidélisant la personnalisation de la réalité,
Dans une envergure comme une ascension généralisée libérant des entraves comme des liens statiques. »

Évolution téméraire et concaténée par les agencements des fractals séjours unis et émancipés,
Charge d'une métanoïa limpide et supérieure à toute improvisation, à toute latitude délétère, édictant,
L'exact sevrage des balbutiements du créé, pour le forger à la vertu consacrée, tutelle de toute gloire suprême.

« Gréement des armatures légères, esquifs de la Vie s'affairant à l'investigation de leurs états novices et signifiants,
Aux parterres galvanisés par les ovations de la création et de ses mystères, dans des croissances glorieuses,
Que les sphères assistent, pour les ouvrir à la pureté incommensurable d'une théurgie aux résonances façonnées. »

Délivrance des orages et des terreurs provoqués par les tourmentes et les dissonances les plus désillusionnées,
Libération du frais parfum de l'aurore brillant de résurgences fluviales où se baignent les luisances florales,
Affranchies des émois, aux tempérances culminant les paliers de l'intelligence de toutes finalités exhaustives.

« Prémisses d'assomption où se déclinent la possession des flux et des reflux, de leurs concordances,
De leurs évasions, de leurs frugalités, mais aussi de leurs odes, tenues de leurs parcours vivifiés et témoignés,
Par le vol de papillons fugaces, se disséminant par l'immensité pour en exonder la primordiale homogénéité. »

Élégance et dramaturgie des ondes aux cautions associées, dénigrant l'envasement des particularismes,
Éprouvant une prêtrise pour s'offrir aux polarités de distinctes acclamations se confirmant majeures et célébrées,
Là, dans le secret satin des roses à Midi, dans l'exultation de leur firmament et de leur transe en magnificence.

« Sonorité des cosmos accordés, enhardis, murmurant l'initiation d'un contrôle dont les développements,
Se devisent par les énergies gravifiques, contemplant leurs mutations les menant vers une pacifique unification,
Aux vœux clairs et transparents ne s'abritant mais partant vers la conquête où la nature passionnée s'abreuve. »

Attestée par les Univers, par la parenté des cathédrales surgies, agies, et fécondes sous les nuées éthérées,
Ou bruissent des prières de loyautés ne s'éperdant dans la poussière mais, performances d'une altière exégèse,
À l'opposé, s'épanchent dans une commune appréciation, générée par leurs rets tout-puissants et émérites.

« Orbes vivaces à la ressemblance des flores élancées vers le zénith, foisonnant l'euphorie et l'amour entrelacés,
Rédigeant par les âges l'intemporalité, sans masques, sans obligeances, émancipant leur appariement convenu,
Posture de toute mutation, traduisant l'idéal d'un hymne conjuguant les antiennes de la puissance éternelle et souveraine. »

En marche par les veines de la postérité prospérée,
hissant les alluvions palpitant la voie nuptiale
évoquée,
Dans un concert ne se congratulant mais œuvrant
dans une générosité coutumière les ambres de toute
destinée,
Au-delà des préambules fauves thésaurisés,
déshonorés, révélés inactifs désormais par les
limbes glacés.

« Viviers où les opales conviées s'octroient par toutes
directions un savoir permettant de mettre en
exergue,
La flamme les reliant, opérant matricielle les miroirs
de leurs gravitations dans une permanence subtile
et éprouvée,
Pour les assigner à la découverte, à la recherche, à
la conquête puis à la maîtrise ouvrant sur un
horizon splendide. »

Visite Mage, mesure de l'altérité, frappant à la porte
de tout un chacun prenant conscience de son
ordonnance,
Confluant une nécessaire perfection, se dirigeant
vers les gradins, non de la somptuosité, mais de la
simple origine,
Là, ici, plus loin, gréant des nefs aux solsticiales
cimes où mutent les propriétés natives obérant
l'errance.

« Anse aux corrélations réfléchies assistant les
partitions d'une consonance dont les assises et les
opulences,
Affermissent toutes randonnées épanouies, figeant
la déshérence, ouvrant par les orées de la
connaissance,
Les portiques d'un apprentissage majestueux
constellant toute parure, marbrant toute nature, de
son étreinte éblouie. »

Fluidifiant par les effervescences granitées les
arômes des souffles obscurcis par d'hermétiques
inconvenances,
Dissolvant leur paraître pour concrétiser au-delà de
leur passion, le pouvoir de manœuvrer vers des
contrées magistrales,
Domaines sans asservissement, conditionnels de
propos décrivant et enseignant les motifs à germer
et prospérer.

« Surfaces d'épopées aux voussures étreintes de racines éclairées, inscrivant, réfléchissant, convertissant,
Avant de repartir vers d'autres entités afin d'insuffler par leur ministère l'interdépendance de toute marque propice,
Livre de foules assoiffées aux langages impérissables, aux esprits qui ne s'amenuisent ni ne se nuisent. »

Ferment irisé de vagues propices par les constellations conjointes, animées, pleines de promesses,
Là, dans ces multi-univers, se croisant et s'entrecroisant pour affiner d'exigence les heures instructives,
Afin de ne complaire à l'improvisation, mais statuer sur la saison rebelle permettant d'en évacuer toute dénégation.

« Opuscule des âmes au voyage infini, précisant de diaphanes ambitions par les signes éthérés et supérieurs,
Afin de les nantir d'armes leur permettant d'assurer leur pérenne demeure, et par-delà la potentialité pour chaque Être,
En leur détail, de se pourvoir capacité de transcendance, rencontre de l'immanence, vive densité dévoilée. »

Désir des œuvres culminant par les cycles, les mots, les phrases, les pensées, leurs stances sans affliction,
Allant invariablement au plus près des prolixités, des barbares et malhabiles croyances, afin d'en taire les calamités,
Les ridicules préciosités, les venins orgueilleux où comparaissent des ambitions sombrant toutes routes ouvragées.

« Où s'échoit l'agir, pour en redresser la foi, dans une imprescriptible communion, dans une apothéose glorifiée,
Où les sédiments, unis par le but de toute réalisation, se concrétisent, dans ce sens advenu se fidélisent,
S'orientent et disposent afin de délaisser la vacuité et ses dysfonctions, et s'enfanter dans le sublime et ses variations. »

Déplacement sans atermoiement, vers la suprématie incarnant la prospérité vivifiée de natives estivations,
Conçues par l'incommensurable ténacité, leur fer de lance, leur écu et leur heaume, accueillant un sort victorieux,
Correspondant de l'humilité se vouant à la grâce, sans attendre une quelconque récompense pour son offrande.

« Ainsi le Verbe dans ses fenaisons et ses moissons
allant les périples des temps comme des espaces les
plus profonds,
Pour conférer, citer l'appartenance, convoquer dans
un appel la maxime impérieuse de l'éclosion du
substrat
En l'illimité, sans deuil ni affliction, car de l'Éternité
le principe et les agencements d'où découle le
vivant. »

Où un clair respire, marchant au-dessus des eaux,
inonde de ses allégresses et de ses joies
pénétrantes,
Les Océans et les Mers, pour consacrer la puissance
d'une autorité en chaque essaim éclos par son
environnement,
Fière contingence au levant, officiant le
couronnement, comme le Chevalier vigilant la
prouesse de sa défense.

« Par les semis en naissances, colorés de sa
munificence, dans une ferveur inclinant à toute
parousie manifestée,
Là, où se tient le lieu en dehors des phases
approchées, des envergures dévoilées, dans une
monade merveilleuse,
Souveraine suprême dont la Vie est une
conséquence comme une harmonie générant son
accomplissement. »

Surconscience scrutant la conscience, la devisant, l'interprétant, la propulsant vers les éthers les plus magnifiés,

Fortifiés par la démultiplication des intelligences des entités les embrasant, les statuant, les concrétisant et les dirigeants,

Vers une mutuelle destination, dans une empreinte indélébile ne s'improvisant mais affleurant et établissant toute sanctification.

« Conjonction de la volition matricielle de toute phrase inscrite par la suavité de l'Éternité, vivier d'astres,

Réverbérant les accomplissements, les assainissant, les appelants à la cristallisation, préparant ainsi des rus les cataractes,

Allant les unes les autres, vers l'assomption dans un triomphe où la lumière embellie explose de couleurs impérieuses. »

Hissant de fertiles épopées vers la condition totale de leur coordination, de l'Être les majeures divinations,

Propulsant, car participant, le généré, ni discursif, ni dépossédé, vers les rivages somptueux, à atteindre,

Dans une permanente ascension, témoignant dans son exécution globale, vecteur incompressible, d'une Énergie novatrice.

« Où réactions et intentions sont rémanences d'un sacre majeur, où irradie la vertu causale de toutes finalités,

Aménageant dans une sagesse perçante les arrangements agréant à l'évolutive maturation de l'intégrité conjuguée,

Par-delà les esquifs et les brouillards opiacés, dans une incantation combative, dissolvant le néant et ses imprécations. »

Au nom de l'équation initiée ne pouvant voir sa parure se briser ni s'idolâtrer, se défaire ni ne s'édulcorer,
Nécessité dévisageant des combats altiers embraser tant les temporalités que les flots énergétiques les plus altérés,
Pour les naître à la pureté qui ne saurait être élaguée, ni même dissociée de l'Histoire invariable agissant l'écume de son déploiement.

« Onde méticuleuse ouvrant à la postérité et la prospérité de toutes manifestations des existants générés,
Dans de propitiatoires navigations ne se solidifiant, ne se délitant, ne se déclinant, sur des routes contraires,
Mais arborant le germe d'une salutaire détermination pour croiser l'illimité, dans le dessein de croître son infini. »

IX

Des lumineuses incantations ...

Des lumineuses incantations s'éploient des cieux
Pour provoquer la réaction d'un rythme aux yeux
Qui se dessillent de leur sommeil, s'aventurent
Dans les chemins féconds des chastes natures
Dont les parfums révèlent du firmament la pure
Volition qui ne se délibère mais se prend épure
Afin de construire par-delà les opiacées infécondes
Les prémisses d'un hymne rayonnant qui fonde
L'épanouissement et la perfection des Univers.

Perfection des Univers aux incantations divines affleurant la temporalité des odes, avant de la submerger,
Dans l'adventice perception d'une avancée fabuleuse par les sphères dessinées par le fatum de la beauté,
Celle du partage de la concaténation dont les œuvres ne tarissent ni ne se subliment, mais embrasent les cosmos.

« Moniale prolixité des ondes inscrites aux conjonctions favorables où les pesanteurs s'enhardissent,
Afin d'investiguer la formulation de l'épopée où s'enflamment les cœurs comme les esprits sans abandon,
Se propulsant dans la réalité dans une cristalline ascension, vers les pinacles constellés de ramures épiques. »

Où d'épervières sensibilités éludent chaque fragment comme chaque détail afin de s'en approprier les termes,
Non pour une renommée, mais pour un exaltant sevrage, celui du don aux forces étonnantes et monumentales,
Brisant les consomptions du silence pour le révéler à la puissance intarissable du langage et de ses phrases.

« Où l'orbe disserte dans des incandescences sans promesses sinon celles de latitudes conquérant sans repos,
Les correspondances intimes des fluviaux horizons solaires, découvrant sans interprétation, des sortilèges fastueux,
Profilant leurs barques éthérées dans une théurgie invincible, portuaire de dimensions affines, bâtisseuses. »

Constante aux doux arômes des chaumes passionnés où se lit le livre de la Vie et de ses fêtes chamarrées,
Que la suavité des vents emperle d'effigies aux fidèles incarnations, où se devise et se lie l'âme indivise,
Affrontant les moires aisances, les panoplies fauves, les flores déchaînées où se conjoint tout embrasement.

« Parure de la constitution employée non à se déifier mais bien à se comprendre afin d'en assister les parturitions,
Dans une fidélité exhaustive où, marche, altière l'illustration élémentaire de houles attisées, se stimulant,
S'embellissant pour établir une volonté ne se condensant, afin qu'elle devienne matière de pure connaissance. »

Instance de Mages élans par les louvoiements des sagesses enfantées où se corrèlent et s'idéalisent toutes variations,
Du souffle les naturant, dans la propriété fondamentale de formalisations où des calligraphies inscrivent,
Et développent l'audace et la témérité convenant au chant afin de ne pas le voir s'enliser dans des strophes délétères.

« Effluve édénique aux senteurs de gloire assumée où les visiteurs ne sont passants du néant mais pures luminosités,
Soulignant les vœux et les enrichissant de couleurs somptueuses, éprises d'une harmonie non diachronique,
Mais tout simplement architecturale, présidant de complémentaires couronnements par l'azur étincelant. »

Majesté du Verbe aux essaims particuliers où les signifiants ne se délaissent dans le crépuscule mais se reconnaissent,
Par les florales envergures, pour en styliser le cœur d'une densité aux sculptures achevées et exhaussées,
Et ainsi parfaire dans leur définition, leur décision aux échos se répercutant indéfiniment par le firmament.

« Labyrinthe de créatives demeures où l'instant ne se liquéfie mais inlassablement perpétue toute composition,
Hâlant leurs rythmes par les infinitudes proposées, évaluées, manifestées, pour aller plus avant encore, vers ces préaux,
Délices des affamés comme des assoiffés où l'allégresse ne se corrompt dans des chants dissolus et délétères. »

Prérépétition des rites augurant des jugements et des lois par les contingences nécessaires à l'accession de toute souveraineté,
Loin des célébrations s'éternisant dans l'informel, le perpétuel abstrait se limitant dans l'essence comme la substance,
Dans des structures figées naissant de pauvres ambitions vouées au statisme le plus irradié comme le plus dévoyé.

« Charpentes de tutélaires mobilités s'affirmant haute vertu par l'ensemencement des règnes, noble désinence,
Où les actes répondent, autorisent et expriment d'aristocratiques déterminations ne se réfugiant dans le limon,
Mais transcendent leurs exhalaisons dans des prairies ouvertes aux moissons comme aux fenaisons conquérantes. »

Afin d'œuvrer les labeurs certains, leurs forces associées, concaténées et associées, dans un confidentiel essor,
Où se révèle le courage, élan aux frondaisons à dépasser pour en formaliser les lagunes et les anses admirables,
Amplitudes d'un respire, d'une essence, d'une naissance, confondant les écrins oublieux et surannés.

« Marbre de Temples aux veinures éclaircies de racines antédiluviennes produisant les mélodies d'une sacralité,
Conduisant toutes routes à l'effacement où à la consolidation d'une illumination diffuse, inopérante fantasmagorie,
Abreuvée de leurres aux vocations standardisées, présidant à l'uniformité de son inexistence naturée infatuée. »

Modèle usé par la nuit absconse, par le futile armorié, leur exposition délétère sans la moindre exemplarité,
Sinon celle du conditionnement le plus virulent et le plus impuissant, où se manipulent les actions sans prestiges,
Les entendements les plus infirmes, les manœuvres les plus ourlées de qui propos aux fantasques randonnées.

« Protestation d'erreurs sans contenances où se finalise une consécration collective, agape d'agrumes et de mites,
Vernis de rutilances d'exactions surgissant du néant et retournant, après leurs incartades, vers le néant,
Contemplation aux délibérations conduisant non au triomphe, mais à la vacuité, encensée par la fatuité et la vanité. »

Arrière-cours de sentences glaçant les officiants, démobilisant les vivants ne se reconnaissant dans leurs troupeaux,
Car vagues de toute la félicité des univers acclamant leur avance vers les rives de la vitalité et de ses victoires,
Dont nul ne peut dénier la beauté sous peine de se dénier lui-même et périr dans l'abstraite prévarication de la déréliction.

« Tension des enclos dépassés, où restent gardiens, afin d'en résorber les entreprises maladives et éhontées,
Tant les Mages, les Sages et les Guerriers, augures des parures agrées et immortalisées naissant la postérité,
De sédiments majeurs par les âges, entonnant un hymne de pure prêtrise comme de noble maîtrise par l'azur dévoilé. »

Où s'anime la création dans ses productions, ses fermetés vives et discrétionnaires moissonnant pour l'Éternité,
Dans la féerie des songes, et dans les sites des rêves miellés de stances ne s'édulcorant mais se ramifiant,
Afin de coïncider et favoriser, conséquence de plus vastes flots, sa faculté, empreinte capitale, majeure et supérieure.

« Éloquence de la maîtrise, ultérieurement aux rebelles affirmations, consacrant par la nue un sacerdoce,
Le pouvoir ne se congédiant, mais entonnant ses répons sans distinctions des cacophonies dithyrambes,
Sans relâchements de la moindre vigilance, pour porter dans l'azur ses causales consonances natives. »

Or des plages sablières, sans prosternation, élevant par les frises des eaux et des vents, le sens d'une permanence,
Où les appariements rythment, déploient et orientent des objectifs symboliques, aguerris, convenus,
Aux flamboyances, expressions de l'altérité, les plus nobles, afin de prospérer par les temps et les temples le firmament.

« Vibration par les espaces où, répandues, affluent et confluent les racines vivantes sur des sphères témoignant,
De leur réalité par-delà le vide et ses aspirations, par-delà l'absence et ses motifs aux excroissances anémiques,
Dissertations équivoques où s'apparie la léthargie, principe même de la dissipation de toute ardeur du cœur. »

Mesure des combats à mener, à attraire, ici, là, dans le temps comme par l'immensité pour brandir le fanion,
De la grâce, de la limpidité, dans un zèle sans fin préfigurant l'autorité sans sommeil, veille de toute promptitude,
Voguant l'orientation du vœu assurant l'existence et maintenant son horizon afin d'en révéler l'étincelant rivage.

« Préambule des règnes aux préfigurations s'affranchissant des absconses corrélations figeant les sources universelles,
Initiant dans une maïeutique méthodique et indispensable, les fruits non pas du hasard mais de la nécessité supérieure,
Concevant dans l'excellence une navigation s'ouvrant sur les arborescences zénithales de soleils embrasés. »

Combinaison de tous itinéraires entrelacés, additionnés, s'accroissant dans l'éternelle aventure déployant,
De la Vie les balbutiements mais aussi les vivacités constructives, se mesurant aux essaims de la destruction,
Incitant à la croissance de toutes faces par toutes faces, même les plus atrophiées, restant à convaincre et éveiller.

« Où l'Empire se concrétise, dans ses voiles délibérées osant, aller plus avant encore, pour pénétrer les seuils armoriés,
Où l'inconnu compris est un ensemble, une victoire et un enfantement d'essaims distingués que l'agir dessille,
Délivre des nasses incertaines et des royaumes oublieux où, litanie de l'excuse du virtuel, s'estompe le savoir. »

Fusionne les aciers de toutes composantes comme de toutes formalités pour forger sur l'enclume du destin,
Par la masse de l'infini, l'aristocrate résolution ciselant et garantissant l'ardeur d'un enchantement formel,
Dénomination où les pampres ne se figent, mais à l'inverse, bruissements, s'attellent pour naître leur glorification.

« Cristallisation de l'ouvrage où les devenirs se croisent et s'interpellent, se manifestent et sans convoitises,
S'adressent pour, les uns les autres, réaliser leur passage dans une alcôve prédestinant des lendemains,
Éclairés et sereins, baignant de lactescence des domaines où se comparent, se parlent et s'enhardissent les volontés. »

Ne s'immolant aux clairs-obscurs des raisons, hâlant les nitescences de sépales conjoints et autorisés,
Dont les tambours de bronze retentissent le vif envol par la brume, pour avertir l'issue de régences imparfaites,
Leur disparition devant l'accomplissement fructifiant, et ordonnant toute ornementation sacrale.

« Par les forteresses austères, les villes hautaines, et les citadelles éperdues, par les clairières comme les forêts touffues,
Tous, vacuité du déni de la réalité, mais devant l'appel, déjà renaissance de leur fractalité aux lueurs phosphorescentes,
Naguère détournée, ce jour, fortifiée pour s'ouvrir à la pérenne alacrité formant ses opérandes dans une maîtrise acclamée. »

Où la force, devant le fléau de l'insignifiance et de ses dévotions, ne se languit, ne se résigne, ni ne mue,
Car vision paisible d'un avenir, pensée des âmes éblouies, légiférant dans l'action la droiture, l'exemplarité,
La constance, où l'hommage incomparable du vivant au vivant se nature dans les instructions d'un sacre exposé.

« Devant cette évidence, le regard fulgure ses attitudes, sans frugalité, bien au contraire, car agape de la Voie,
Sans présomption, fougue et retenue, conférant un insigne pouvoir, se déploie pour rejoindre les tonalités,
De la symphonie cosmique, convoquant en ses reflets, sans sursis, dans un accueil prononcé, ses ondes magnifiées. »

Essence du souffle et de son parcours par les multidimensions engendrant le sort conjoint de toute génération,
Dessinant une impartiale consécration au-delà des pompes et de leurs atours, des récompenses et de leurs stérilités,
Car en elle tout se conjugue dans un don trouvant sa résonance impartie dans une acropole mystique et cosmique.

« Cet empyrée devant être vivifié pour éviter sa ruine devant de téméraires délires vouant à d'intrépides échecs,
Lesquels, lacis, se glissent dans les ancres temporelles pour conduire à des contractions saisissantes,
Stérilisant les ères à germer, vecteurs singuliers où voguent, étreintes, les nefs de la destruction et de ses maux. »

Œuvre des officiants incarnés dans une volition caractérisée, disposition et démonstration de toute viduité,
Secours par les rites de tous respires y compris ceux des abîmes, entendant leur message ne se complaisant,
Inexorablement, forçant toutes créatures oublieuses, à l'évolution, dans un consentement des plus aboutis.

« Répons aux fidèles incantations, participant dans la lumière à l'éclosion du pouvoir transcendant, transportant,
Dans la somptuosité révélée, associée, délimitée, énoncée et orientée, une gravitation permanente aux assises fondatrices,
Vagues téméraires et salutaires immergeant les côtes assoiffées comme les terres arides aux apophyses stériles. »

Ces déserts en attente d'un octroi, sillons assignés par la tempérance du souffle à se révéler et se signifier,
Dans une réverbération essentielle, émergeant dans un frémissement une motivation pour grandir leur levain,
Pour s'engager dans le sentier difficile mais certain, mené sans faiblesse, d'une vocation aux accords harmonieux.

« Symphonique gravité ne se glorifiant mais déclarant en elle-même, les empressements sublimes sculptant,
Le sens de l'empathie, consolidant ses voilures par toutes facettes du cristal où brillent de mille feux les parements,
De la fermeté et de ses supériorités, les unes les autres complémentaires dans la nacre de leurs embellies. »

Nefs en miroir éclipsant les abîmes comme les ruines pour se propulser vers l'incommensurable maturité du vivant,
Ne se fractionnant dans l'insondable pour se définir sacre, mais, dans une sagesse épousée, exultant sous l'azur,
Se disposant et se proposant, s'émondant et se vivifiant génération de l'Unité formelle, pour œuvrer toute destinée.

« Munificence dont les couronnements sont élévation de tout un chacun en l'aube adéquate, déterminant les escales appropriées,
Par les orées démarquant, en leurs principes, les étapes à franchir pour illuminer la création dans ses fastes,
Ses coordinations, ses entrelacements, ses vives arborescences, toutes désinences apprivoisées hissant leurs oriflammes. »

Où s'en viennent les équipages novateurs, constellant les luminosités impérieuses de leur présence inscrite,
Envergure de renom, de plénitude, noble appartenance que les cristaux n'écoduisent ni n'ignorent,
Car préciosité des espaces, agencement efforçant les temporalités à une réalisation matricielle déterminante.

« Sanctifiée par la conquête et ses accroissements, maturation de libelles annonçant son champ d'action élaboré,
Hâlant des fresques marchant vers l'horizon pour en situer les dénominations, les alizés sonores et majestueux,
Confirmant et assimilant leur priorité aux fascinations devisées venant, élytres, leurs ramifications. »

Rayonnant une concordance, démultipliée par une lucide préhension se concrétisant dans l'instauration d'un chœur,
Qui au-delà des apparences, rédige le rescrit de sa victoire sur les anathèmes grossiers et les statismes inconditionnels,
Sur les apophtegmes incertains et leurs délétères domestications, leurs asservissements aux refuges ténébreux.

« Tous en fuite devant la parousie s'annonçant à tire d'aile, hissant un parcours novateur, sans dramatique errance,
Légiférant, loin des inconstances aux opiacées se dissolvant dans la nature même de leur aberration, toute sentence,
Exclamant leur faconde pour la réduire dans le corps de la poussière où végètent l'arbitraire et la dissonance. »

Visitation des opérandes instaurant loin de leur précarité la retenue magistrale seyante à la ténacité ininterrompue,
Obérant le sursis de leurs contingences, certifiant une cognition saillissant par sa procession, la surconscience du divin,
Les menant, dans la féerie du cycle comme du lieu, dans une allégeance constructive, à la beauté et son firmament éclos.

« Heaume scintillant dans le faîte des cieux, aux magistrales constances, aux plénières et saines attentions,
Où la parole songe, ébruite, et invite à la course des saisons, à la cueillette d'une éloquence ne se suffisant,
Déjà, sans interruption, proclamant et agissant le devenir par toutes faces de l'Olympe, par toutes sphères écloses. »

Dans l'intime discernement des orbes dont les circonvolutions interagissent de fractales dénominations,
Répons des cils, ordonnance et ascèse mais aussi joie paisible, enchantées par la cristalline expression,
Et des actes et de leurs envergures, pour alléguer sans affliction, pour honorer sans obséquieuse vanité.

« Où, corollaires, s'ébattent mille et mille parchemins, bouleversements du créé se révélant non plus seulement espérance,
Mais viaducs de latitudes de dominations où se décantent, se modélisent et se gouvernent les générations de la munificence,
Tressée d'équilibres splendides irisant des Temples en semis, dérivant de pures vertus, conjointes de vastes promptitudes. »

Où s'en viennent butiner les abeilles, sérac de raisonnements s'affranchissant des écueils pour nimber,
Leur intrépidité, la déployer telle la voile des barques de cristal, vers l'inconnu et ses arcanes dans une envergure,
Délaissant au corail les granits affligés, les semences ingrates et les abondances éperdues, sans postérité.

« Épreuve intense aux émergences d'une splendeur signant les motivations de rythmes sans mystères, désignant,
Les aires encore à prendre, à assimiler, à soulever, et à maîtriser pour en montrer les rivages ardents et cristallins,
Réceptacles organisés et structurés de la Vie, en advenir l'homéostasie la plus engageante comme la plus signifiante. »

Enseigne d'un vaisseau où l'équipage se galvanise, libère de volutes embrasées un sérail de détails aux agencements,
Se propulsant vers les distances glorieuses, les instants magistraux, et au-delà de ces vocables distingués,
Se mêlant intimement à leurs préceptes, pour en identifier le but formalisant toute intensité de l'éternité.

« Par-delà les frontières exaltantes où les heures comme l'espace disparaissent, laissant place à l'Énergie absolue,
Intronisation à toute construction visitée s'affairant et s'ouvrageant, pour en reconnaître le sens immortel,
Contemplation de toute consonance, née de l'épreuve surgie de son sein d'où découle toute perfection en mouvement. »

Où les liens transcrits par les rescrits se reconnaissent, s'exposent, s'étayent afin d'azurer sa manifestation,
Ne se consument sous son ignition mais en coopèrent les degrés dans de floraux empyrées démonstratifs,
De toutes démarcations où ne se signifie le néant mais bien l'Éternité, détermination d'une renaissance épousée.

« Instance consacrée illuminant le seuil éployé, où se tiennent les vagues des visions enrichies par les temps,
Libérant dans leurs flux les gravures imperturbables permettant, sans absence, la cohésion des œuvres,
Renvoyant l'image de la formalisation de l'intégrité se devant pour charrier, dans une moisson abondante, son avènement. »

Où l'empire fidèle ruisselle ses rus, ses sources, ses fleuves, ses océans et ses mers, arde les glaises des terres,
Leurs prairies, leurs montagnes, leurs cimes et leurs abîmes, découvre l'euphonie des vents par tout recueillement,
Hissant à la lumière la prêtrise du feu rayonnant et distinct de l'indicible comme du visible, dans une épopée déployée.

« Fête par les souffles que les sérails parfondent d'adventices maturations aux critères générant les semences,
Discernant de la multiplicité déployée à l'infini l'exposition invariante, attente par les limbes exaltés,
Saisissant par la pensée, harmonisée par l'imaginal, le chemin des ascensions glorieuses menant à la connaissance limpide. »

Demeure des intellections circonscrites et reconnues, attestant toutes conséquences par-delà des balbutiements,
Où les ravines sont creuset d'apprentissages aux unions factices, préaux inconsistants prêtant à la flânerie,
Advenant d'équivoques compréhensions où de nocturnes embellies fondent le fardeau d'émanations en sommeil.

« Respires sans cils se prononçant dans l'absence, ne recherchant l'évolution mais le confort de la futilité et de ses rets,
Se rendant au silence, là où ils pourraient bruire un destin majestueux dans une architecture symphonique,
Qui ne s'appréhende convoitise, mais se prend afin d'en exposer le germe concédant d'en naviguer les pulsions motrices. »

Dissonances terrassées par les clarifications prestigieuses ne se mouvant dans les escarbilles de tourbes asséchées,
Où se tient, toutefois, un baume pour les ouvrir à l'épanouissement, malgré leurs incarnations rebelles, leurs desseins brisés,
Car en toute face se conservent le lieu, le temps, l'achèvement où l'entité ne s'épuise mais se couronne.

« Car il n'est besoin dans le cœur ultime de parachever sa configuration dans l'illusion et l'ornementation,
Tout étant en Un et Un étant en Tout comme racine tempérant les abstractions afin d'offrir à la création un regard,
Où l'énergie ne ploie, mais assidûment assemble ses vitalités pour se configurer dans la réalité motivée et concertée. »

Parcours de pérenne entreprise initiée par les environnements déchus, inculquant une pluie solaire dans leurs frimas,
Dans leurs essors brisés, inscrits de portées dévoyées par leurs cristallisations aux diamantaires effluves,
Ramures figées aux directions contraires à toute définition, ne pouvant impliquer, fertiliser, et galvaniser tout horizon.

« Dont l'Esprit évoque les fondements, l'Âme correspond leur tourment, le Corps défait leurs armements,
Dans une pluviosité aux projections les mutant à de plus nobles découvertes, comme à d'essentielles conquêtes,
Douves d'une maîtrise où leur temporalité se solidarise persévérance puis s'indivise dans la prodigalité des espaces. »

Faculté de l'autorité et de sa puisatière évaluation, concise, explicite, qu'une administration veille accomplissement,
Génère, fructifie et engage en vue de manifester par toutes formations comme toutes textures par les multi-univers,
Une génération cultivée, équilibrée, affermie et souveraine, poussière d'étoile en puissance de la conscience.

« Composition sans absence de la consécration alimentant la préciosité nuptiale, confirmée dans une indispensable régularité,
Sans failles, sans errances, sans autres formes sinon celles d'une disposition se livrant et s'affranchissant,
Par toutes crêtes comme par toutes pentes, afin de libérer le discours opiniâtre permettant de joindre l'intelligence intégrale. »

Loyale dénomination de toute histoire construite, interprétée, réalisée devant le zénith statuaire et magnifié,
Voyant les alliances en effervescences cherchant en leur éventail la théorisation précisant les arcanes du chant,
Le menant vers sa perpétuation dans une symbiose concordée, marquant de ses passementeries l'ivoire d'une somptuosité.

« Clameur ne se divulguant à la surdité et ses inflexions fauves rugissant l'ignorance et ses calamités,
Accroissant dans la dysfonction un chaos déstructuré, polyvalent, entamant son voyage vers les abysses,
Un gouffre dont la Vie replie les contingences pour advenir en leur règne des possessions subtiles les éclairants. »

Hautes vagues arborant les félicités, obérant les méprises, les guerres, les parjures, ces allitérations étranges,
Bâtissant des châteaux de cartes que le souffle du vent disperse dans la poussière les éléments tronqués,
Pour surgir dans leur magma le rêve éternel, finaliser et autoriser sa réalisation dans une étape exfoliative.

« Du mouvement des lieux comme des saisons, dans une épure gravifique ornementée d'une parousie intime,
Dévoilant ses promesses et au-delà de leurs fastes mémoriels considérés, dans une interprétation sensée,
Évacuer leurs attitudes moirées confinant les cycles à une déshérence sans vertu, sinon celle d'une parade noctambule. »

Que les Mages et les Sages, dans la gloire de l'instant, conditionnent dans le vide aux frontières avides,
Approfondissant toutes interdépendances pour en révéler les pluralités dans l'ombre, toujours lumineuses,
Potentiel de chaque créature, persistance de toute rémanence menant vers le pouvoir de transcendance.

« Ne se morfondant dans les labyrinthes de l'éphémère et de ses considérations ne menant qu'au statisme,
Cette formalité, fruit de l'ignorance, saluée, congratulée, et définie par-delà les hymnes lumineux,
Par des occurrences sans limites, sinon celles de leurs barbares allégeances consommées les menant au désert le plus aride. »

Conjonction de sites morts avant de reconnaître la Vie, s'estompant d'eux-mêmes devant l'Être délaissant leur paraître,
Tourbe de désunions aux communes aspirations développant les moisissures des ères contre lesquelles,
Impérissables, combattent ses résolutions natives, conjointes de l'Énergie sublime, dans un appariement solidaire.

« Mettant l'accent sur les velléités, les votives désorientations, les théories édulcorées, les frontispices perclus,
Pour en abandonner les trames, les cacophonies menant à des drames permanents, à destituer, ignorer, et condamner,
Pour élaborer l'élévation, par une conversion hissant à toute perception comme à toute maîtrise de la Création. »

Témoignage de la fulguration de la pensée dont l'achèvement, sans s'attendre aux auspices des prévarications,
Glisse sur les scories cherchant, inévitablement, à l'accaparer pour la précipiter dans des vestiges sans lendemain,
D'oisives frugalités aux crépuscules attestés, bien plus contrôlés par le néfaste, l'inintelligence et l'oubli.

« Fardeaux interrompus par ce vol libre du serment se dirigeant vers les promontoires les plus sacrés et les plus déterminants,
Pour d'un cœur palpitant, conjecturer non seulement sa transformation à venir mais sa puisatière consomption,
Sans outrage envers la Déité car en complète harmonie avec ses récitatifs symphoniques sans complaintes. »

Ainsi dans la tempérance semant à foison les relations de son vœu dans des recommandations fidèles,
Manifestant par les univers la conduite sereine de l'exaltant message irisant toute préoccupation comme toute aventure,
De l'infiniment petit à l'infiniment grand, de la plus humble poussière aux édifices les plus ouvragés et stylisés.

« Croisant par les tempêtes et les ouragans, la flamboyance apprêtant la Vie pour la perpétuer inexorablement,
En ouvrager et en révéler la densité, coïncider ses synchronicités amplifiées dans le sens d'une étreinte parfaite,
Transfigurant les entrelacements d'une aristocrate exigence, puissante et majeure, celle de la surconscience. »

Pour en assimiler et en saisir les proclamations appareillant dans la direction de la permanence, où ses impulsions,
Par toutes sentes, invariablement, rejoignent la Voie et ses énigmes, hier compromis, reflétant une pure vitalité,
Sa conjugaison ignorant l'ignorance et ses particularités, ses excitations bordant les frontières du néant.

« Ainsi dans la combinaison découvrant l'architectonie polissant, éduquant, dans la prépondérance,
La connaissance, ses embrasements comme ses félicités, parturition de tous phénomènes de l'existence,
Libérant, dans une agrégation, l'abondance, par l'incommensurable, de signifiants énergétiques fabuleux. »

Voyant le créé en semis de leurs sapiences l'orbe de la concrétisation de leurs desseins et de leurs forces éveillées,
Expression s'il en fut de plus magnifique croissant de racines en racines la vocation fabuleuse de leur beauté illustre,
Où, épanchement symbolique, l'appariement conféré s'évertue pour se formaliser et s'idéer afin de rejoindre l'Éternité.

« Là, ici, plus loin, dans la multiplicité sans écueils, volition de l'ordonnance graduelle seyant aux langages persévérants,
Ne s'effaçant, mais inexorablement s'élevant dans la propriété admirable d'une intellection ne se localisant,
Pour naître la vive maturation d'une arborescence, où le Verbe s'inscrit pour en notifier l'exacte ascension. »

Ainsi dans l'architecture symbiotique, où, gravitation, chaque modalité s'imprègne de la Création,
Ce florilège ardent où s'illustre, s'affirme, et se construit la navigation sublime du vivant, essence préfigurée,
De la majesté, flamboyance de cimes glorieuses l'assignant, s'il veut être, né de la poussière, à naître semeur d'étoiles.

Table

SEMEUR D'ÉTOILES

Vincent Thierry
France, Royan, Villefranche de Rouergue, Montalivet
Le 15/11/2017

Œuvres de Vincent Thierry
Catalogue

GÉNÉSIAQUE
Le journal d'un Aventurier

PRAIRIAL
Le Chant du Poète
De Jeunesse
Les Continents oubliés
Vents du présent

ÉCRITS DU VENT
Écrins
De Marche Humaine
L'Indivisible
Military Story and new world

HÉROÏQUES
Mutation Terrestre
Lettres à l'Amour
Les Cantiques
D'Olympe le Chant d'Or

NATURAE
Fresques d'Amour
Le Verger d'Amour
L'Interdit
Mélodie d'Amour

FENAISONS
Améthystes
Océaniques
À la recherche de l'Absolu
Voyages

HORIZONS
Ivoire
D'Histoires nouvelles
D'Orbes
Stances

SOLSTICE
Idées
Âme Française
Expressions
Solstice

D'UNIVERS
D'Iris
Démiurgique
D'Azur
Flamboyant

REGARDS
D'un Ode Vif
D'une Gerbe de Soleil
Du Songe
Du Savoir sans Oubli
Que l'Onde en son Respire
Que l'Or Solaire
Qu'azur le Cristal
Du Souffle Vivant
De l'Harmonie

ISTAÏL
Cygne Étincelant
Âme de plus pure Joie
D'un Âge d'Or Renouveau
Par le Ciel Symbolique
De l'Être Universel
Règne d'Or Liquide
De toute Luminosité

ABSOLU
Théorie Générale de l'Universalité

NIDS
Nid de faucons
Nid de vautours
Nid de scorpions
Nid d'Aigles

COMBATS
Ordre Mondial contre nouvel ordre mondial
La Voie Templière
Contraction Temporelle
Ondine

UNIVERSUM
Universum I
Universum II
Universum III
Universum IV
Universum V
Universum VI
Universum VII
Universum VIII
Universum IX
Universum X
Universum XI
Universum XII
Universum XIII

Lanzarote Élégies
De Corse les Chants
Jeunesse lève-toi !
Métamorphose
Roseraie de lumière
Constellations
Semeur d'étoiles
Pléiades
Aux confins des Univers

EXPOSITION
Prélude
Exposition I
Exposition II
Exposition III
Exposition IV
Exposition V

MULTIMÉDIA

UNIVERS
(Shows artistiques informatiques – CD/DVD)

1992-2018 : Univers I à XXXIII
2007 : Univers Film
IDDN.FR.010.0109063.000.R.P.2007.035.40100

ÎLES
(Films CD-DVD)
Est Ouest
Atlantis
Fragments
Rêve Corse

MUSIQUE
(CD-DVD)
Émotion
Mystica

COMPILATION

ŒUVRES 2008
(CD)
Œuvres Poétiques
Œuvres Romanesques, Nouvelles
Œuvres Élégiaque, Chants
Œuvres Théâtrale
Œuvres de Science-fiction
Œuvres Philosophiques, pamphlets
Œuvres Métapolitique
Œuvres Complètes

OASIS
Thélème ou l'ambre de Vie
Essors
Lanzarote Élégies
De Corse les Chants

PROFESSIONNEL
(Base de données DVD)
Assurance Dommages

SITE INTERNET

http://harmonia-universum.com

Éditeur Patinet Thierri
http://harmonia-universum.com

®

Impression
http://www.lulu.com